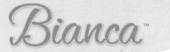

WITHDRAWN

Mentiras por amor
Jennie Lucas

HARLEQUIN™

Editado por HARLEQUIN IBÉRICA, S.A.
Núñez de Balboa, 56
28001 Madrid

I.S.B.N.: 978-84-671-9577-4
Depósito legal: B-42773-2010
Editor responsable: Luis Pugni
Preimpresión y fotomecánica: M.T. Color & Diseño, S.L.
C/ Colquide, 6 portal 2 - 3º H. 28230 Las Rozas (Madrid)
Impresión y encuadernación: LITOGRAFÍA ROSÉS, S.A.
C/ Energía, 11. 08850 Gavá (Barcelona)
Fecha impresion para Argentina: 4.7.11
Distribuidor exclusivo para España: LOGISTA
Distribuidor para México: CODIPLYRSA
Distribuidores para Argentina: interior, BERTRAN, S.A.C. Vélez
Sársfield, 1950. Cap. Fed./ Buenos Aires y Gran Buenos Aires,
VACCARO SÁNCHEZ y Cía, S.A.
Distribuidor para Chile: DISTRIBUIDORA ALFA, S.A.

Capítulo 1

DEL CIELO gris plomizo caían gotitas de lluvia que mojaban el jardín de Estambul en el que Louisa Grey cortaba las últimas rosas del otoño. Le temblaban las manos.

«Es imposible que esté embarazada», se dijo.

De repente, se echó hacia atrás y se quedó en cuclillas, se secó el sudor de la frente con la manga del jersey de lana que se había puesto, pues estaban a principios de noviembre. Se quedó mirando un momento las flores rojas y naranjas que crecían en la mansión otomana.

A continuación, dejó caer las manos sobre el regazo, parpadeó unas cuantas veces y se quedó mirando el cielo, que se había teñido de tonos rojizos para el atardecer.

Una sola noche.

Había trabajado para su jefe durante cinco años y en una sola noche todo se había estropeado. Al día siguiente, había abandonado París aduciendo que prefería trabajar en la casa que tenía medio abandonada en Estambul.

Desde entonces, había intentado olvidar la noche de pasión que habían compartido, pero ahora, un mes después, un pensamiento la atormentaba día y noche, una pregunta que no la dejaba ni a sol ni a sombra.

¿Estaría embarazada de su jefe?

—¿Señorita? —la llamó una voz femenina y joven—. El cocinero no se encuentra bien. ¿Puede irse a casa?

Louisa echó los hombros hacia atrás, se colocó las gafas de pasta negra y se giró hacia la doncella turca. No podía mostrarse débil ante sus subordinados.

—¿Y por qué no viene a decírmelo él?

—Porque teme que le diga que no… como tiene que estar todo perfecto para cuando llegue el señor Cruz…

—El señor Cruz no llegará hasta el mismo día de la fiesta —le recordó Louisa—. Dile al cocinero que se puede ir, pero que la próxima vez venga él a pedírmelo, que no mande a otra persona. Ah, y que, si no se repone para el día de la fiesta, contrataré a otro —añadió.

La joven asintió y se alejó.

Una vez a solas de nuevo, Louisa dejó caer los hombros, tomó aire y se puso en pie para recoger un par de flores que se le habían caído.

A continuación, repasó mentalmente todo lo que ya estaba hecho. Las arañas de cristal y los suelos de mármol relucían, había pedido la comida que más le gustaba a su jefe, los tenderos estaban advertidos y todo llegaría fresco todos los días de su estancia, directamente del mercado. Su dormitorio estaba listo, sólo quedaba ponerle unas flores frescas para aligerar el ambiente serio y masculino de aquella estancia a la que lo acompañaría la bailarina de turno que él eligiera.

Todo tenía que estar perfecto.

Todo.

Para que el señor Cruz no pudiera quejarse de nada.

Louisa cortó la última rosa.

En aquel momento, oyó que se abría la verja de hierro que daba al camino. Chirriaba un poco. Había que ponerle aceite. Tomó nota mentalmente. Suponía que sería el jardinero o, tal vez, el encargado de la bodega, que venía a dejar el champán que le había encargado.

Pero, al ver la silueta que avanzaba hacia la casa, inhaló y se tapó la boca con la mano.

—Señor Cruz —murmuró.

—Señorita Grey —contestó él.

Su voz grave y seductora reverberó por todo el jardín. Louisa tuvo que aferrarse a la cesta de mimbre que tenía en las manos para que no se le cayera al suelo. Llegaba tres días antes de lo previsto. Claro que, ¿cuándo había hecho Rafael Cruz lo que esperaban los demás?

Aquel argentino multimillonario, guapo y despiadado tenía la capacidad de encandilarte como un poeta, pero el corazón de hielo.

Se trataba de un hombre alto y moreno, de espalda ancha, cuerpo musculado que destacaba entre los demás por su fuerza, su belleza masculina, su riqueza y su estilo.

Sin embargo, aquel día tenía el pelo revuelto, llevaba el traje arrugado y la corbata aflojada y, para colmo, no se había afeitado.

Aquella guisa le daba un aire poco civilizado, medio brutal, pero estaba todavía más guapo de lo que lo recordaba. Seguía teniendo los mismos ojos grises y la misma piel aceitunada.

Hacía un mes, estaba entre sus brazos.

Hacía un mes, Rafael Cruz había sido dueño de su cuerpo y se había llevado su virginidad.

Louisa cortó aquel pensamiento por lo sano y tomó aire.

—Buenas tardes, señor Cruz —lo saludó con voz calmada–. Bienvenido a Estambul. Todo está a punto para su llegada.

–Por supuesto –contestó él sonriendo con malicia–. No esperaba menos de usted, señorita Grey.

Louisa lo miró y percibió que le ocurría algo, había algo en su rostro que así lo insinuaba. A pesar de que no le convenía, se encontró preocupándose por él y la compasión se apoderó de su corazón.

–¿Está usted bien, señor Cruz?

Rafael dio un respingo.

–Estoy perfectamente –contestó con frialdad.

Era evidente que no le había gustado su pregunta. Había sido una intrusión. Louisa se recriminó a sí misma por haberle hecho una pregunta personal. No era su estilo y no debería haberlo hecho. Si no lo hubiera aprendido durante el curso de diez meses que había recibido, lo habría hecho en los cinco años que había llevado la casa que Rafael Cruz tenía en París.

Como él jamás mostraba sus sentimientos, ella había decidido hacer lo mismo. Le había resultado fácil durante los dos primeros años. Luego, a pesar de que había intentado que no fuera así, se había empezado a interesar por él…

Ahora que lo tenía delante, lo único en lo que podía pensar era en la última vez que lo había visto, la noche en la que se había dado cuenta que estaba perdidamente enamorada del seductor de su jefe. Aquella noche, había vuelto antes de lo previsto a casa y la había sorprendido llorando en la cocina.

–¿Por qué lloras? –le había preguntado.

Louisa había intentado mentirle, decirle que se le había metido algo en el ojo, pero, cuando sus miradas se habían encontrado, no había podido disimular. De hecho, no había podido ni hablar ni moverse mientras Rafael se había acercado a ella y la había rodeado con sus brazos.

Entonces, Louisa se había dado cuenta de que aquello sólo podía terminar de una manera: rompiéndole el corazón.

Aun así, no había podido apartarlo. ¿Cómo lo iba a hacer cuando estaba enamorada de aquel hombre indomable y prohibido que jamás sería realmente suyo?

En aquel ático de los Campos Elíseos, con la Torre Eiffel iluminada como telón de fondo, había suspirado su nombre, la había tomado de las muñecas, la había apretado contra la pared y la había besado con tanta pasión que lo único que había podido hacer Louisa había sido devolverle el beso con la misma ansia.

Lo había deseado durante años, años de represión, pero, ¿cómo había podido dejarse llevar cuando sabía que aquello no le reportaría más que sufrimiento?

Y eso lo había pensado antes de empezar a sospechar que podía estar embarazada…

«¡No debo pensar en eso!», se dijo.

No podía estar embarazada, era imposible. Si lo estuviera, Rafael jamás se lo perdonaría, creería que le había mentido.

Louisa se mojó los labios.

—Me alegro… de que esté bien —le dijo.

Rafael la miró de arriba abajo y se fijó en su boca antes de girarse bruscamente y de colgarse al hombro la bolsa de viaje con la que había llegado.

—Subidme la cena a la habitación —ladró mientras se alejaba sin mirar atrás.

—Ahora mismo, señor —contestó Louisa mientras comenzaba a llover con más fuerza.

Las gotas le caían sobre el rostro y el cuerpo, le pegaban el pelo a la cara y le impedían ver a través de las gafas. Una vez a solas, pudo respirar con normalidad y se apresuró a cubrir las rosas con la chaqueta para que no se estropearan y a entrar en la casa.

Mientras entraba en el gran vestíbulo del siglo XIX, el cielo estaba completamente teñido de rojo. Se limpió los zapatos en el felpudo y se fijó en las pisadas que su jefe había dejado en el suelo. Habría que volverlo a limpiar. Siguió las huellas escaleras arriba y lo vio desaparecer en dirección a su suite.

Ahora que estaba allí, la casa parecía diferente.

Rafael Cruz lo electrizaba todo.

Incluso a ella.

Especialmente a ella.

Cuando el personal que había salido por el equipaje del señor subió también las escaleras, Louisa se quedó a solas y aprovechó para apoyarse contra la pared.

Bueno, ya se habían vuelto a ver.

Por lo visto, el señor Cruz se había olvidado por completo de la noche que habían compartido en París.

Ojalá Louisa pudiera hacer lo mismo.

Volvió a mirar hacia arriba, hacia la segunda planta, y se preguntó qué sería lo que lo atormentaba porque estaba claro que algo le sucedía. Louisa sabía que no tenía nada que ver con su breve aventura porque Rafael cambiaba de mujer como de camisa. Ninguna mujer podría jamás llegar a su corazón.

Entonces, si no había sido por una mujer, ¿por qué había llegado tres días antes de lo previsto y de muy mal humor?

Le hubiera gustado darle consuelo, servirle de apoyo,

pero… ¡no! Ésa era una de sus armas de seducción. Las mujeres creían que necesitaba quien lo cuidara y él se aprovechaba de eso sin escrúpulos para llevárselas a la cama. Ellas lo veían como si fuera un Heathcliff de pasado atormentado y cada una de ellas creía que sólo ella podría salvar su alma.

Pero Louisa sabía la verdad.

Rafael Cruz no tenía alma.

Y, aun así, lo amaba.

¡Menuda idiota! ¡Pero si ella, precisamente ella, sabía que era un hombre frío, despiadado y distante!

La noche que habían pasado juntos le había hecho prometerle que era imposible que se quedara embarazada y ella se lo había prometido.

¿Y si ahora resultaba que no era cierto?

«No estoy embarazada. ¡Es imposible!», se repitió Louisa a sí misma por enésima vez.

Pero, aun así, le daba miedo hacerse la prueba definitiva, la que le diría si sí lo estaba o no. Louisa se dijo que simplemente tenía un retraso, un retraso muy largo, pero nada más que un retraso al fin y al cabo.

Tras dejar los zapatos mojados en la puerta, llevó los cestos de rosas a una habitación que había junto a la cocina. Allí, llenó de agua un precioso y carísimo jarrón y lo llenó de flores, limpió las tijeras de cortar y las guardó en su cajón. A continuación, subió a su habitación y se cambió de ropa, poniéndose un traje pantalón gris tan neutro y serio como el primero, se recogió el pelo en un severo moño y se limpió las gafas con una toalla.

Se miró en el espejo y se encontró sencilla, seria e invisible, justo lo que quería.

Nunca había querido que Rafael se fijara en ella.

Incluso había soñado para que no lo hiciera. Después de lo que le había pasado en su anterior trabajo, había decidido que pasar inadvertida, resultar invisible, era lo mejor, la única manera de protegerse.

Pero, aun así, se había fijado en ella. ¿Por qué se habría acostado con ella? ¿Por compasión? ¿Por conveniencia?

Louisa tomó aire profundamente y echó los hombros hacia atrás para llevar el florero a la cocina.

Al entrar, le subió el ánimo. En el mes que llevaba allí, la cocina y toda la mansión habían cambiado bastante. Había trabajado dieciocho horas al día para contratar servicio competente y coordinar la reforma que había hecho de aquella casa deslucida y vieja en una casa nueva y bien llevada.

Louisa acarició el brillante marco de madera de la puerta y sonrió al mirar hacia el precioso suelo de azulejos hidráulicos. Coordinar la reforma de aquella enorme casa para devolverle su gloria había sido un trabajo ingente, pero había merecido la pena.

Antes era una casa olvidada, pero ahora era una casa amada.

Louisa apretó los dientes decidida a no permitir que un momento de debilidad la apartara de aquel trabajo que tanto le gustaba. A Rafael le había apetecido acostarse con ella y punto. Ella lo amaba profundamente, pero ya se las ingeniaría para matar aquel amor.

Estaba decidida a hacer su trabajo, a mantener las distancias, a olvidar cómo le había entregado su virginidad.

Sí, conseguiría olvidar sus labios calientes que la habían besado con urgencia, olvidaría su cuerpo fuerte y musculoso apretándola contra la pared, olvidaría su pasión y el deseo que había visto en sus ojos cuando la había tomado en brazos y la había llevado a su dormitorio…

Louisa se quedó en blanco por un momento, se dio cuenta de que estaba de pie en mitad de la cocina y se preguntó qué demonios hacía allí. Ah, sí, se disponía a preparar la cena. El cocinero se sentía mal y se había ido a casa. A ver si, con un poco de suerte, sólo tenía una gastroenteritis como la que ella había tenido seis meses atrás en París. De ser así, estaría de vuelta en tres días, a tiempo para la fiesta de cumpleaños de Rafael.

Louisa era capaz de preparar platos sencillos, pero no era una cocinera profesional. Lo suyo eran, más bien, los bizcochos y las tartas y no la salsa chimichurri para la carne a la brasa o las cazuelas de mariscos, pero era una mujer de recursos y no tardó mucho en preparar un sándwich de jamón con pan que ella misma había hecho.

Tras colocar el plato en una bandeja, puso una servilleta de lino bien planchada al lado y los cubiertos de plata, dudó y terminó añadiendo también un capullo de rosa rojo en un florero minúsculo y se dijo que no eran detalles propios de una mujer enamorada sino de un ama de llaves eficiente.

No había cambiado nada.

Nada.

Louisa llamó a una de las doncellas.

—Llévele esto al señor Cruz, por favor —le pidió.

La chica, que había sido contratada recientemente, la miró nerviosa. Louisa se dio cuenta y la tranquilizó.

—No pasa nada —le dijo acariciándole el hombro—. El señor Cruz es un hombre… amable —mintió—. No te va a hacer nada…

Podría haberle partido un rayo por haber mentido así, pero, gracias a Dios, no fue así.

La doncella asintió y salió de la cocina con la bandeja. A los pocos segundos, volvió con el jamón y la mostaza colgando del delantal y el capullo de rosa enredado en el pelo.

–¿Qué te ha pasado? –le preguntó Louisa anonadada.

–¡Me ha tirado la bandeja! –contestó la chica al borde de las lágrimas–. ¡Dice que sólo quiere que le sirva usted, señorita! –añadió.

Louisa se indignó.

–¿Te ha tirado la bandeja? –repitió mirando el objeto en cuestión, que la chica traía en una mano junto con el plato roto.

No se lo podía creer. ¿Desde cuándo Rafael perdía así el control? ¿Le habría ido mal en algún negocio importante? ¿Habría perdido mucho dinero? Algo muy gordo le tenía que haber sucedido para tirarle una bandeja a otro ser humano a la cara…

Louisa se dijo que no debía intentar justificarlo. ¡Le hubiera pasado lo que le hubiese pasado, no había excusa posible para tratar así a un miembro del servicio!

–Dame la bandeja, Behiye, y vete a casa.

–Oh, no, señorita, por favor, no me eche…

–No te echo, te doy una semana de vacaciones pagadas –le explicó intentando ocultar su rabia–. Cortesía del señor Cruz, que se arrepiente de la brutalidad con la que te ha tratado.

–Gracias, señorita.

«Y si no se arrepiente, pronto se arrepentirá», pensó furiosa.

El enfado fue a más mientras tiraba a la basura el plato antiguo de loza blanca y azul. Después, limpió la bandeja de plata y volvió a rehacer la comida. Incluso añadió otro capullo de rosa en otro florerito. Tras tomar aire, subió las escaleras que conducían a la segunda planta y llamó a la puerta del dormitorio de Rafael.

–Adelante –contestó él con voz fría y distante.

Louisa abrió la puerta. Seguía enfadada. La habitación estaba en penumbra.

–Hola, señorita Grey –dijo Rafael en tono hostil–. Me alegro de ver que cumple mis órdenes.

Cuando sus pupilas se acostumbraron a la oscuridad, Louisa vio que estaba sentado en una butaca delante de la chimenea, que no estaba encendida. Dejó la bandeja sobre una mesa y cruzó la estancia para encender una lamparita. El halo amarillento iluminó la estancia, que era masculina, espartana y severa.

–Apaga eso –ladró Rafael mirándola.

Louisa estuvo a punto de dar un paso atrás, pero apretó los puños y se encaró con él.

–No piense que a mí me va a asustar como ha hecho con Behiye. ¿Cómo se atreve a atacar a una doncella, señor Cruz? ¿Por qué le ha tirado una bandeja? ¿Se ha vuelto loco?

Rafael la miró con frialdad y se puso en pie.

–Eso a ti no te importa. No es asunto tuyo.

Pero Louisa no se dejó amedrentar.

–Claro que me importa. Es asunto mío porque usted me paga para que lleve esta casa. ¿Cómo voy a hacerlo cuando usted se dedica a aterrorizar al personal de servicio?

–No le he tirado la bandeja –se defendió Rafael–.

La he tirado al suelo, pero ella, la muy ilusa, ha intentado agarrarla y claro…

¡Cómo se notaba que aquel hombre nunca había limpiado el suelo!

—¡La ha asustado!

—Ha sido un accidente —insistió Rafael—. No he… tenido cuidado. Dale el día libre —añadió girándose y apretando las mandíbulas.

Louisa elevó el mentón.

—Ya lo he hecho. Bueno, en realidad, le he dado la semana entera de vacaciones pagadas.

Rafael hizo una pausa.

—Vaya, señorita Grey, usted siempre sabe lo que voy a hacer antes que yo mismo. Parece que conoce bien mis necesidades.

Louisa sintió que el corazón le daba un vuelco, pues, por como la estaba mirando, Rafael le estaba dando a entender que en aquellos momentos necesitaba algo urgentemente y quería que ella lo adivinara sin tener que decírselo.

Aquella mirada hizo que Louisa se sonrojara y, sin poder evitarlo, se encontró recordando sus besos. No, no era el momento para pensar en aquello. ¡No podía ser!

—En eso consiste mi trabajo, en saber qué va a necesitar —contestó cruzándose de brazos—. Para eso me paga.

Al hablar de dinero, había conseguido distanciarse de él.

—Sí, así es —contestó Rafael girándose.

Mientras lo hacía, a Louisa le dio tiempo de ver que estaba preocupado. Era la misma expresión con la que había llegado. No era exactamente angustia, pero sí vulnerabilidad, como si se sintiera solo y desvalido, lo que era completamente ridículo. El playboy más despiadado de Europa nunca se sentía solo.

—No debería haber mandado a la doncella —le dijo en voz baja—. Quería que me trajera usted la cena, no una doncella. Usted.

¿Quería estar a solas con ella?

Louisa sintió una inmensa alegría seguida de un terrible miedo. No podía dejarse seducir de nuevo. Consiguió ocultar todas aquellas emociones bajo una máscara de indiferencia. La formalidad era la única arma que tenía.

—Me temo que no lc cntendí bien, señor, y le pido disculpas por ello —le dijo—. Le he vuelto a traer la cena, así que lo dejo solo para que la disfrute.

—Un momento.

Louisa se quedó quieta. Rafael se acercó a ella. Lo tenía tan cerca que casi lo estaba tocando.

—No debería haberlo hecho —comentó Rafael.

—¿El qué? ¿Tirar la bandeja?

—Hacerte el amor en París.

Louisa sintió que el aire no le llegaba. El deseo que sentía por su jefe era una amenaza para todo, para su carrera, para su autoestima y para su alma.

—No recuerdo ningún incidente parecido, señor —contestó muy seria.

—¿Ah, no? —contestó Rafael acariciándole la mejilla y mirándola a los ojos—. Así que no te toqué, así que no te besé, así que no sentí tu cuerpo temblando.

—No, eso no sucedió —insistió Louisa mientras el corazón le latía aceleradamente—. Nunca sucedió.

—Entonces, ¿por qué no puedo parar de pensar en ello? —insistió Rafael acercándose un poco más.

Louisa sintió que le fallaban las rodillas. Estaba a punto de rendirse, de comportarse como todas las demás, de rendirse ante él, pero sabía que, si lo hacía, las cosas sólo podían terminar de una manera, lo había visto muchas veces.

Rafael Cruz no tenía piedad. Rompía corazones de mujer sin pensárselo dos veces.

Si Louisa se permitía desearlo, la mataría como si fuera veneno.

–No recuerdo nada de eso. Ni siquiera que me besara… –comentó negando con la cabeza con vehemencia.

–Ah, entonces, a lo mejor, esto te hace recordar algo más –contestó Rafael inclinándose sobre ella y besándola.

Louisa sintió que el calor de sus labios se extendía por todo su cuerpo, sintió sus brazos alrededor de su cuerpo, sintió el cuerpo de Rafael en contacto con el suyo.

Estaba perdida.

La lengua de Rafael se encontró con la suya y todas las terminaciones nerviosas de su cuerpo, desde los pezones a los lóbulos de las orejas pasando por los dedos gordos de los pies, se electrizaron.

Rafael la estaba besando y, en contra de su voluntad, Louisa se rindió.

Capítulo 2

RAFAEL Cruz había roto muchos corazones y no se sentía especialmente mal por ello. No se tenía por un hombre arrogante. Las cosas, simplemente, eran así. Todas las mujeres con las que se había acostado, habían protestado cuando él había dado por terminada su relación. Siempre querían más. Pasaban de ser seductoras, atrevidas y seguras a celosas, pesadas e insufribles.

Por eso, no solía acostarse con la misma mujer más de un par de veces, porque, en cuanto eso sucedía, la mujer en cuestión perdía a sus ojos las cualidades que lo habían atraído en un primer momento.

Nunca les mentía, nunca les prometía nada, siempre les decía la verdad, que lo suyo no iba a durar y que sólo estaba basado en la atracción física. Si ellas, una vez advertidas, querían rendir su corazón además de su cuerpo, era su problema.

Hacía mucho tiempo que se había jurado a sí mismo que jamás seduciría a una empleada y no era por temor a que lo demandara por acoso laboral, qué va, aquella posibilidad le hacía reír, sino porque podía resultar incómodo cuando ya no quisiera nada con ella y a Rafael Cruz no le gustaban las incomodidades.

El mundo estaba lleno de mujeres hermosas encantadas de acostarse con él, pero era muy difícil encontrar buen servicio.

Louisa Grey no era una buena empleada, era excepcional. Era indispensable en su vida. Gracias a ella, todas sus casas funcionaban a las mil maravillas. Llevaba cinco años trabajando para él y Rafael no se podía imaginar su vida sin ella.

Nunca había intentado tontear con él, lo que hacía desde su secretaria, que ya tenía cierta edad, hasta la camarera del bar. Louisa parecía no verlo como hombre y eso hacía que Rafael la deseara todavía más. Era una mujer misteriosa. Nunca hablaba de sus sentimientos. Nunca hablaba de su pasado. Era fría y reservada y escondía su belleza detrás de gafas y ropa fea.

Rafael nunca se había sentido tentado de romper su promesa de no seducir a una empleada. Hasta hacía un mes. Y había sido un error.

Había seducido a la señorita Grey en un momento en el que había perdido el control y se había prometido que no le iba a volver a suceder.

Aquella mujer era la jefa de servicio de todas sus casas, coordinaba todas las propiedades que tenía por el mundo. No se podía arriesgar a perderla y sabía que eso sería lo que sucedería porque las mujeres siempre lloraban y pataleaban cuando Rafael les decía que lo suyo se había terminado. Y, con Louisa, eso quería decir que se iría, bien por voluntad propia o porque Rafael se vería obligado a despedirla.

Lo único que podía hacer para no perderla era mantener las distancias, pero se había olvidado de ello en cuanto la había visto.

Había tenido un día horrible. Había llegado a Estambul demasiado tarde, no había conseguido llegar a tiempo y eso lo había estresado. Le dolía todo el cuerpo, lo sentía agarrotado y contracturado.

Tras ir al funeral de su padre, aquel padre al que nunca había conocido, el chófer lo había llevado a casa. Rafael bullía de rabia. Se había bajado del coche y, bajo la lluvia, se había desabrochado la corbata. En aquellos momentos, sólo quería un buen vaso de whisky, pero, entonces, la había visto.

Louisa estaba en el jardín, bajo los cipreses y las higueras, con una cesta de rosas recién cortadas en el regazo. Le había parecido más guapa de lo que recordaba, más deseable de lo que podía soportar.

Louisa estaba mirando el atardecer sobre el Bósforo con expresión calmada. Aquella mujer era como un oasis de paz y consuelo y Rafael vivía en un mundo caótico y frío.

Rafael se había prometido que no la iba a tocar, pero, cuando Louisa lo había visto y se había girado hacia él con sus enormes ojos oscuros, había sabido que la volvería a tener, le costara lo que le costase.

Le había ordenado que subiese a su habitación y la había esperado paseándose tensamente. Le había sorprendido que mandara a una doncella y cuando, por fin, se había dignado a subir ella, lo había desafiado, lo que nadie se atrevía a hacer. Aquella mujer lo había… provocado. Sí, le había dicho que no recordaba nada, ni siquiera sus besos.

Aquello lo había inflamado. Lo había llevado a tomarla entre sus brazos. Ahora, besándola, se sentía en el paraíso. Sentía sus labios suaves y tiernos, su piel, que olía a jabón y a flores…

Rafael sintió que el cuerpo entero se le tensaba por el deseo.

Era más que deseo, era algo prohibido. Nunca había sentido algo tan fuerte por ninguna mujer. Aquella señorita Grey, que lo había ignorado durante tanto tiempo, estaba ahora rendida entre sus brazos.

Rafael aprovechó para llevarla hacia la cama, pero ella se apartó.

—¡No! —exclamó.

—Louisa…

—No —repitió—. ¡No podemos hacerlo!

—Debemos —contestó Rafael agarrándola del brazo.

Louisa dio dos pasos hacia atrás, se estremeció y se llevó los dedos a la boca.

—No puedo —musitó—. Trabajo para usted.

Rafael sabía que Louisa tenía razón, pero aquello no hizo sino hacer que se enfadara y se decidiera a tenerla como fuera.

—No importa —le dijo.

—Claro que importa. Señor Cruz, usted tiene una norma: no seducir a las empleadas —dijo Louisa elevando el mentón y mirándolo con sus ojos color chocolate—. Esa norma nunca se la salta.

La deseaba con todo su cuerpo, era lo único que le haría olvidar lo que había vivido aquel día, lo que había perdido, pero no se lo podía decir. No podía permitir que nadie lo viera vulnerable y, menos, una mujer y, menos aún, una empleada.

—Efectivamente, es mi norma, no la tuya, así que, si quiero, puedo hacer una excepción y saltármela.

Louisa no se dejó convencer y dio otro paso atrás.

—Yo prefiero olvidar lo que sucedió en París. Fue un error —contestó Louisa—. No se repetirá… ¡No estoy dispuesta a perder mi carrera, mi reputación y mi vida otra vez! —murmuró.

Rafael la miró con el ceño fruncido.

—¿Por qué dices otra vez?

Louisa desvió la mirada.

–Por nada.

–¿Cómo que por nada?

Lo cierto era que no sabía nada de ella, sólo lo que ponía en su currículo. Louisa siempre había esquivado las preguntas personales.

–Me refería a París –contestó Louisa.

–No, no te referías a París –insistió Rafael.

–¿A qué me iba a referir si no?

Rafael entrecerró los ojos.

–Hubo otro hombre antes que yo –aventuró.

–¡Sabe que no! –exclamó Louisa.

–Eras virgen, es verdad, pero eso no quiere decir que no hubiera otro hombre –insistió Rafael.

Louisa apretó los dientes.

–Le di mis referencias y las comprobó. Sabe todo lo que tiene que saber sobre mí.

Rafael no sabía ni la mitad de lo que le hubiera gustado saber. Lo había impresionado tanto en la entrevista que no había investigado demasiado, se había conformado con lo que le había dicho la agencia y, según el informe que le habían presentado, la última señora para la que había trabajado se había deshecho en halagos sobre ella. Todavía recordaba las palabras exactas: increíble tesoro. Desde luego, no la habría descrito así si Louisa hubiera tenido una aventura con su esposo.

No tenía sentido.

–¿Qué es lo que no me quieres contar? ¿Qué ocultas? –insistió Rafael–. Nunca hablas de tu familia ni de tus amigos. ¿Por qué? ¿Por qué nunca te vas a tu casa?

Louisa lo miró con los ojos muy abiertos y se secó las palmas de las manos en la falda.

–Eso no tiene relevancia –contestó–. Si no desea nada más el señor…

–Basta, maldita sea –la interrumpió Rafael cruzando la estancia y colocándose en la puerta para que no se fuera–. No pienso permitir que te vayas si no me contestas. Te…

Había estado a punto de decirle «te necesito». Llevaba años sin decirle aquellas palabras a nadie. De hecho, había construido toda su vida para no tener que decirlas.

Al otro lado del estrecho, se veían las siluetas recortadas contra el cielo de las bóvedas y los minaretes y se oía al muecín llamando a la oración.

Sus ojos se encontraron con los de Louisa. La tensión se convirtió en electricidad. Rafael sintió que nada más importaba.

–Quítese del medio, señor Cruz –murmuró Louisa.

Rafael vio que tenía la respiración agitada.

–No.

–¡No me puede hacer esto!

–¿Ah, no?

Deseaba estar en su interior para olvidarse de todo aquello que amenazaba con romperlo por dentro. Aspiró su aroma a jabón, algodón limpio y rosas recién cortadas. Si fuera inteligente, la dejaría ir, encontraría a otra mujer con la que acostarse. Por ejemplo, a la francesita con la que llevaba flirteando unos días.

Cualquiera.

Cualquiera menos Louisa Grey.

Los ojos de Rafael reposaron en los labios de Louisa, aquellos labios rosados y sin maquillar. Había algo en aquella mujer que lo intrigaba sobremanera. La deseaba por encima de todo. Se moría por volver a vivir el placer de hacerle el amor.

Había sido el mejor sexo de su vida.

Aquel placer lo ayudaría a olvidar su dolor, sería la droga que lo distraería de su sufrimiento y su desesperación. La poseería en su cama, de manera rápida y fuerte, para desfogar su energía, para que el dolor que albergaba su corazón se calmara.

Sólo entonces la dejaría marchar.

Rafael la miró de manera seductora.

Louisa se estremeció.

Louisa quería irse, quería negarles a ambos lo que ambos sabían que querían, pero aquella chica sin experiencia no tenía nada que hacer frente a él. Era virgen en París y no se había resistido. No se resistiría ahora tampoco. La iba a poseer hasta quedar completamente saciado.

Así que Rafael la tomó entre sus brazos.

Louisa intentó resistirse, pero él no la soltó. Louisa tembló y echó la cabeza hacia atrás. Aunque era alta, Rafael lo era más.

—Por favor, suéltame y deja que me vaya —imploró.

—¿Tanto miedo tienes? —le preguntó Rafael.

—Sí —suspiró Louisa.

—¿De mí? —quiso saber Rafael tomándole el rostro entre las manos.

—No —murmuró Louisa—. Tengo miedo de que, si me besas, si me llevas a la cama… tengo miedo de morirme de lo que te deseo…

Rafael estuvo a punto de mostrar su sorpresa con una inhalación.

Louisa alargó el brazo y le acarició la mejilla.

—Te he echado de menos —confesó angustiada—. Te he echado mucho de menos…

Rafael se estremeció cuando lo tocó, le tomó la

mano y le besó la palma con fervor. Luego, la volvió a abrazar y lo besó con pasión. La besó con el deseo que había acumulado durante el mes en el que no se habían visto, con el deseo que había reprimido durante tantos años.

Louisa se estremeció.

Las caricias de Rafael la quemaban, la asustaban, la seducían.

Rafael la besó y la fue guiando con sus labios, haciéndola sentir un gran placer y una electricidad tan fuerte que le recorrió las piernas, la columna vertebral.

Louisa no era capaz de refrenar el deseo que había ido acumulando durante años y le costó mucho no verbalizar los dos terribles secretos que guardaba en su interior y que habrían dado al traste con todo: que estaba completamente enamorada de aquel hombre que no quería casarse ni formar una familia y que, tal vez, estuviera esperando un hijo suyo.

Rafael le estaba acariciando la nuca. Louisa sintió un chispazo de excitación que le recorrió el cuerpo entero. Sus pechos turgentes se endurecieron y los pezones amenazaron con atravesar la blusa.

Lo deseaba tanto que tuvo que aferrarse a él.

Estaba desesperada.

—Olvídate de que soy tu jefe —murmuró Rafael a dos milímetros escasos de tu boca—. Quédate a dormir conmigo esta noche.

Louisa sentía su aliento y sus manos, que le estaban acariciando en aquellos momentos las caderas.

—Quédate a dormir conmigo —le ordenó Rafael apartándose un poco para mirarla fijamente.

Louisa deslizó la mirada hasta sus labios. Apenas podía respirar. Quería contestar que sí. Era lo que más deseaba en el mundo, pero…

–No puedo –contestó sin dejar de aferrarse a la camisa de Rafael–. Si el personal de servicio se entera de que me acuesto contigo, me perderían el respeto.

–No es asunto suyo

–¡Yo misma me perdería el respeto!

Rafael deslizó las manos entre el cabello de Louisa y comenzó a quitarle las horquillas. La melena de Louisa cayó en cascada sobre sus hombros.

–Preciosa –murmuró Rafael introduciendo los dedos entre los largos rizos castaños–. ¿Por qué no te la sueltas nunca?

¿Qué? ¿La melena? ¿Iba con segundas?

Louisa aguantó la respiración mientras Rafael le acariciaba el cuello cabelludo y los lóbulos de las orejas y sintió un escalofrío en la nuca cuando la miró a los ojos.

–Haces milagros –comentó mirando a su alrededor–. Desde luego, eres digna de… respeto.

Louisa no era inmune a los halagos, pero…

–Es fácil acabar con la buena reputación de una persona si esa persona se mete en aventuras como ésta. Si me lío contigo, nadie me contrataría.

–¿Es que acaso estás pensando en irte? –contestó Rafael enarcando una ceja–. Ninguna mujer me ha dejado jamás.

Louisa sabía que era cierto. También sabía que no podría seguir trabajando para él cuando se hubiera aburrido de ella. Ya le había entregado su cuerpo una vez y los resultados habían sido desastrosos, se había visto obligada a huir a Estambul.

Todavía era capaz de seguir trabajando para él, pero

le costaba horrores. Si ahora volvía a entregarse a él, estaría perdida, pues tarde o temprano le confesaría su amor y, entonces, sería el blanco de sus burlas.

Y no podría sobrevivir, le sería imposible seguir trabajando para él viendo cómo cambiaba de mujer constantemente.

Sobre todo, si estaba embarazada.

«No estoy embarazada», se repitió.

Pero ya no lo creía con tanta fuerza. Louisa apretó los dientes y decidió hacerse la prueba aquella misma noche. Así, saldría de dudas. Así sabría si tenía que decirle a Rafael Cruz que iba a ser padre a pesar de no querer serlo.

Jamás se lo perdonaría, seguro que no se creía que la píldora anticonceptiva había fallado. Le había dado su palabra de que no podía quedarse embarazada, pero creería que le había mentido y se pondría furioso.

Y todo por aquella maldita gastroenteritis que había tenido dos semanas antes de acostarse con él y que debía de haber dado al traste con su ciclo menstrual.

¿Y si Rafael creía que se había quedado embarazada adrede para pillarlo?

—Estás temblando —murmuró Rafael abrazándola contra su pecho—. ¿Tienes frío?

Louisa negó con la cabeza.

Rafael le acarició la mejilla.

—Déjame que te caliente —susurró acercándose para besarla.

—¡No! —exclamó Louisa apartándose con fuerza.

Se quedaron mirándose a los ojos. Lo único que se oía era la respiración entrecortada de Louisa, que se giró para irse.

—Te necesito, Louisa —le dijo Rafael—. No te vayas.

Louisa cerró los ojos, pero no se dio la vuelta.

–No, no me necesitas –le dijo–. Te puedes acostar con quien quieras. Tienes a muchas mujeres a tu alcance.

–Lo he encontrado –le confió Rafael–. A mi padre.

Louisa se quedó helada y se giró. Rafael estaba de pie, quieto como una estatua iluminada por la luz de la luna.

–¿Sí? ¡Oh, cuánto me alegro! ¡Llevabas mucho tiempo buscándolo! –le dijo sinceramente.

–Sí.

Louisa frunció el ceño. Rafael no parecía contento. Sabía que llevaba veinte años buscando a su padre, desde que el argentino que lo había criado le había confesado en su lecho de muerte que no era su padre biológico y le había contado que su madre había vuelto a Argentina una semana antes de la boda y lo había hecho procedente de Estambul y embarazada.

–¿Tu padre está aquí? –le preguntó Louisa–. ¿En Estambul? ¿Has hablado con él?

–Se llamaba Uzay Çelik y murió hace dos días –contestó Rafael yendo hacia la ventana.

–Oh, no –murmuró Louisa Grey–. Los detectives privados lo han encontrado demasiado tarde –añadió yendo hacia él.

–En realidad, ha sido mi madre la que me ha dicho dónde estaba –confesó Rafael–. Después de veinte años de silencio, me ha mandado una carta a París. La he recibido esta mañana, pero ya había muerto.

El dolor que percibió en su voz hizo que Louisa le acariciara la espalda para reconfortarlo.

–¿Por qué ha esperado tanto?

–Para hacerme daño supongo –contestó Rafael

riéndose con amargura–. No sabe que eso es imposible. No pienso dejar que nadie me haga daño, ni ella ni nadie…

–¿Pero cómo va a ser para hacerte daño? Tu madre te querrá…

–Me ha mandado una carta y un paquete –le contó enseñándole un sello de oro–. Lo ha tenido guardado durante treinta y siete, desde antes de que yo naciera, y me lo da ahora, cuando es demasiado tarde.

Louisa sintió compasión por él, pues sabía lo importante que había sido siempre para Rafael encontrar a su verdadero padre.

–He llegado al entierro por los pelos. Sólo había cinco personas y tenían pinta de ser acreedores. Lo único que ha dejado mi padre han sido deudas. No tenía familia, ni viuda ni hijos ni nada. Sólo deudas.

–Lo siento mucho –susurró Louisa deseando poder borrar el dolor que veía en sus ojos–. Voy a avisar a los invitados de que tu fiesta de cumpleaños se ha suspendido.

–¿Por qué? –se sorprendió Rafael.

–Bueno… porque estás de luto, ¿no?

Rafael negó con la cabeza.

–Voy a celebrar la fiesta.

–¿Estás seguro? No tienes por qué hacerlo.

Rafael no contestó, pero miró a su alrededor.

–Compré este palacio para mi padre –comentó riéndose con amargura–. Para cuando lo encontrara, pero ahora lo único que tengo es esto –añadió cerrando el puño con fuerza sobre el anillo.

Louisa le acarició la mejilla y lo miró a los ojos.

–Si puedo hacer algo para aliviar tu pena…

–Puedes –contestó Rafael besándola.

Louisa sintió sus labios fuertes y demandantes y no se pudo apartar. Lo único que pudo hacer fue rendirse al deseo de ambos.

Rafael le acarició por encima de la ropa, deslizó las manos por sus brazos y por su tripa. Tras quitarle la chaqueta y dejarla caer al suelo, le tomó los pechos en las palmas de las manos. Louisa ahogó una inhalación, le pasó los brazos por el cuello y lo acercó a su cuerpo.

Rafael la llevó de nuevo hacia la cama. Sus movimientos eran urgentes mientras la desnudaba. Le levantó la blusa y le apartó el sujetador para acariciarle los pechos. Louisa sintió que los pezones se le ponían como piedras. Rafael se los estaba tocando y masajeando, pero no era suficiente.

¡No era suficiente!

De repente, Rafael tiró de los dos extremos de la blusa, hizo saltar los botones y se la quitó, hizo lo mismo con el sujetador de encaje, que se rompió fácilmente. Con el camino despejado, se inclinó sobre ella y comenzó a chuparle los senos.

Louisa gimió de placer y se arqueó contra él. Mientras le mordisqueaba un pezón, le masajeaba el otro pecho con la mano, haciendo que Louisa sintiera un reguero de lava incandescente entre las piernas.

Rafael le tomó ambos pechos en sendas manos, la miró a los ojos en actitud posesiva y se apoderó de su boca con fuerza. Le estaba haciendo daño, pero entre el dolor había placer.

Louisa sabía que debería parar aquello, pero también sabía que era incapaz de hacerlo, que moriría si lo hacía.

Rafael siguió besándola. Louisa sentía el peso de su cuerpo aprisionándola contra el colchón. Sentía sus labios, su lengua, sus manos, que en aquellos momentos recorrían sus piernas hasta llegar al dobladillo de la falda.

Louisa se encontró en un abrir y cerrar de ojos con la falda levantada, las piernas al aire, desnudas... Rafael seguía besándola con ardor, apretándose contra su cuerpo. Deslizó una manos entres sus piernas y comenzó a acariciarla. Louisa jadeó de placer e intentó moverse, pero no pudo.

No controlaba su cuerpo. Su cuerpo tenía vida propia y tenía muy claro lo que quería y lo que quería era Rafael.

El objeto de su deseo le colocó una mano sobre el monte de Venus y Louisa ahogó un grito de sorpresa, que Rafael interrumpió con su boca, robándole la protesta, haciendo que se rindiera.

Y, por si no había sido suficiente, apartó la tela de la braguita de algodón blanca y deslizó el dedo corazón en busca de su clítoris. Cuando lo encontró, se apartó, la miró a los ojos y comenzó a acariciarla.

Louisa lo miró a los ojos mientras jadeaba de placer. Rafael le arrebató las braguitas con un movimiento rápido y certero y las tiró al suelo. Antes de que a Louisa le diera tiempo de recuperar la cordura, Rafael se arrodilló entre sus piernas, colocó la cabeza entre ellas y empezó a chuparla.

Louisa gritó de placer y se agarró con ambas manos a la almohada en la que tenía apoyada la cabeza.

Rafael la agarró con fuerza de las caderas para que no se moviera, para que no se pudiera apartar, y siguió chupándola, acariciándola con la boca. Al cabo de unos minutos recorriendo sus pliegues más íntimos con la lengua, añadió las caricias de sus dedos, que se deslizaron dentro del cuerpo de Louisa, que ya no podía escapar.

Rafael era un amante con mucha experiencia y sabía perfectamente lo que tenía que hacer. Louisa era un instrumento en sus manos y él sabía cómo hacerla sonar en armonía, cómo conseguir que le regalara las notas más bellas.

El placer que Louisa estaba sintiendo era tan intenso que la puso al borde de las lágrimas.

Louisa sintió las primeras oleadas. Partían de un punto concreto en su interior y se iban haciendo cada vez más intensas, a medida que se expandían por todo el cuerpo. No pudo evitar que sus caderas se levantaran buscando la boca de Rafael, le temblaba todo el cuerpo...

Rafael eligió ese preciso momento para apartarse, incorporarse y quitarse los pantalones a toda velocidad. Fue la única ropa que se quitó. En un abrir y cerrar de ojos, había vuelto a colocarse sobre ella.

Louisa sintió su sexo buscando la entrada de su cuerpo. Cuando la encontró, se lanzó en una embestida segura. Louisa sintió una explosión de placer que fue en crescendo a medida que Rafael siguió moviéndose en su interior, frotándose contra ella.

La dulce agonía fue expandiéndose, alcanzando cotas cada vez superiores, hasta que a Louisa le costó respirar. Creía que no iba a poder aguantar más...

Pero aguantó mientras Rafael la agarró con fuerza de las caderas y la penetró una y otra vez, montándola como si fuera una yegua y él un semental. Louisa gritaba aferrada al cabecero, mordiéndose la lengua para no decir el nombre de su amante, para no suplicarle que no parase, para pedirle que la amara y que jamás la abandonara...

Rafael terminó la faena con una última embestida que hizo que Louisa sintiera una explosión de fuegos artificiales en su interior. Su mundo explotó y, en la distancia, se oyó a sí misma gritando su nombre.

A la mañana siguiente, Rafael se despertó y vio a su eficiente ama de llaves desnuda y dormida a su lado.

Lo había vuelto a hacer.

Era para matarlo.

Se había prometido una y otra vez que aquello no iba a volver a repetirse, pero no había cumplido.

¡Se había vuelto a acostar con ella!

La luz del sol entraba por los ventanales del dormitorio. Los muebles de madera oscura tenían una apariencia más cálida gracias a aquella luz. ¿O sería gracias a la luz que emanaba de la mujer que estaba tumbada a su lado? Louisa hacía que todo pareciera bello.

Rafael se fijó en su precioso rostro, en la melena castaña que lo enmarcaba y que le caía desparramada sobre la almohada. Estaba dormida, pero sonreía. Estaba completamente desnuda y parecía muy joven y vulnerable.

Rafael se maldijo a sí mismo.

Creía que lo tenía todo bajo control, que había conseguido olvidarse de Louisa Grey y de la increíble noche de sexo que había vivido con ella. Lo cierto era que había sido la mejor experiencia sexual que había tenido y eso era mucho decir teniendo en cuenta su currículo.

Quizás ésa fuera la razón por la que no había podido olvidarse de ella, por la que no se había interesado por otras mujeres, por la que no había podido pensar en otra cosa.

No sabía por qué lloraba aquella noche, pero había vuelto a casa después de otra de sus aburridas citas y se la había encontrado sobrepasada por la emoción. Aquello lo había sorprendido, pues Louisa jamás mostraba sus sentimientos. No había sabido cómo reaccionar y se había limitado a abrazarla.

Y, entonces, había hecho lo que llevaba meses queriendo hacer, la había besado. Bueno, había hecho mucho más. Le había hecho el amor de manera salvaje y apasionada y, para su sorpresa, había descubierto que seguía siendo virgen a pesar de tener veintiocho años.

Cada vez que recordaba aquella noche de sexo, se excitaba. Incluso ahora, que acababa de pasar otra noche maravillosa con ella. Cuando se había despertado, la había mirado y le había parecido bella, joven y deseable.

Había intentado obviar el deseo que aquella mujer le inspiraba. Por eso, había accedido a que se fuera a Estambul. Cuando Louisa se hubo ido, él se quedó en París y se dedicó a trabajar día y noche. Había intentado distraerse con otras mujeres. Concretamente, con Dominique Lepetit, pero la actriz, famosa por su falta de moral, ya no le interesaba.

Sólo podía pensar en Louisa.

Rafael se incorporó en la cama y dejó caer la cabeza entre las manos. Había vuelto a acostarse con ella sin preservativo. No se lo podía creer. Jamás había hecho una cosa así con otras mujeres. Las demás, por supuesto, le decían que estaban tomando la píldora, pero él nunca se había fiado.

Siempre llevaba un buen cargamento de preservativos encima o, si no tenía, no hacía nada, se iba y punto. Así de fácil. No quería casarse ni tener hijos, no quería que lo atraparan de ninguna manera. Valoraba su libertad todavía más de lo que valoraba un buen encuentro sexual.

Rafael miró a Louisa, que seguía apaciblemente dormida y, al instante, se serenó. Louisa Grey jamás le mentiría. Si le había dicho que estaba tomando la píldora, seguro que era verdad.

Confiaba en ella. Era la única mujer en la que confiaba. Era virgen la primera vez que se habían acostado. Le había sorprendido gratamente descubrirlo. Había sido el colofón final a una noche maravillosa.

La noche anterior también había sido maravillosa. Rafael se encontró recordando el cuerpo desnudo de Louisa debajo de él, lo que había sentido al adentrarse en él, su cara de éxtasis mientras la poseía, mientras sus cuerpos sudorosos se acompasaban al mismo ritmo urgente…

Hasta entonces había creído que la noche de París había sido su mejor experiencia sexual, pero la noche anterior había sido todavía mejor.

Había algo en Louisa, tal vez su olor, su forma de moverse, su mezcla de sensualidad y de inocencia, fuera lo que fuese, Louisa tenía algo que hacía que Rafael se sintiera irremediablemente atraído por ella en cuanto la tenía cerca.

Y ella, que siempre era recatada y prudente, se olvidaba de serlo cuando estaba con él en la cama.

Rafael podía escoger entre ricas herederas, actrices e incluso princesas, pero se moría por su ama de llaves.

Louisa era su droga.

¿Tal vez porque estaba prohibida?

Maldiciéndose de nuevo, se puso en pie, se tapó con una bata y salió al balcón. Desde allí, veía los jardines de su casa y el Bósforo. En poco tiempo, Louisa había convertido aquella casa destartalada en una mansión exquisita.

Rafael se agarró con fuerza a la barandilla de hierro. Y ahora, por aquel deseo que no podía controlar, la iba a perder. ¡Iba a perder a su mejor empleada!

Volvió la cabeza y miró de nuevo a la mujer dormida. Tenía que encontrar la manera de volver a tener con ella una sencilla relación jefe-empleada, pero no sabía si iba a ser capaz.

Desde que la había entrevistado por primera vez para el puesto en París, le había intrigado. Le había producido curiosidad aquella mujer que se empeñaba en pasar desapercibida, en ocultarse detrás de unas gruesas gafas de pasta negra, que se ponía ropa holgada que no le favorecían en absoluto y en recogerse su precioso pelo en un apretado moño.

Le había dicho que se había ido de casa de un financiero de Miami que le pagaba de maravilla porque quería conocer Europa.

Rafael le había advertido que no tendría vacaciones.

—Necesito una persona que lleve mi casa a la perfección, que viva única y exclusivamente para ello —le había dicho.

Por supuesto, había esperado que Louisa, que era joven y moderna, lo mandara a freír espárragos, pero se había limitado a asentir muy seria.

—Me parece que no me ha entendido —había insistido él—. No podrá descansar en verano ni en Navidad, no volverá a su casa con su familia. No espere que la transfiera a mi casa de Nueva York. Si empieza usted aquí en París, aquí se quedará.

–Muy bien –había contestado Louisa.

–¿Muy bien?

–No necesito volver a casa.

–¿Nunca?

–Correcto. Por… por razones personales que no le voy a explicar –había contestado Louisa–. Le aseguro que estará usted contento con mi trabajo, señor Cruz.

Y así había sido.

La señorita Grey, eficiente y dedicada donde las hubiera, no se había tomado ni un solo día libre, nunca había pedido vacaciones, nunca se había quejado ni había pedido que la mandara a otra casa.

Hasta que la sedujo.

Al principio, durante los dos primeros años, había sido solamente su ama de llaves y lo había tratado poco menos que como a un niño al que se le consiente todo con ternura. Poco a poco, Rafael había conseguido sacarla de su caparazón. Había sido como un desafío para él. Por las noches, la invitaba a veces a una copa de vino y charlaban un rato. Paulatinamente, había crecido entre ellos una especie de amistad.

Hasta que la sedujo.

Rafael se volvió a maldecir a sí mismo.

Louisa no era solamente su ama de llaves sino también la coordinadora de todas sus casas. Nueva York, San Bartolomé, Buenos Aires, Estambul y Tokio.

Y todo aquello se iba a terminar. ¡Qué fastidio! Se habían acostado dos veces y seguro que las cosas cambiaban. En breve, Louisa comenzaría a mostrarse celosa, querría estar todo el día pegada a él y…

¿Louisa Grey celosa y queriendo estar todo el día con él?

¿Seguro?

Louisa era muy diferente a las demás. ¿Querría eso decir que su relación también podía ser diferente?

Rafael la deseaba. ¿Sería posible que hubiera encontrado a esa criatura legendaria, esa mujer razonable, con la que tener una relación que los satisficiera a ambos? ¿Podrían compartir su pasión y, luego, seguir con sus vidas y con su relación de jefe y empleada?

La deseaba como jamás había deseado a otra mujer, pero seguro que en unos cuantos días se habría saciado y adiós. Así terminaban todas sus relaciones. Si pudiera disfrutar de ella en la cama unos días más…

—Buenos días —la oyó decir a sus espaldas.

Rafael se giró y se quedó sin aliento al verla con su albornoz blanco. La luz rosada del amanecer reflejaba en los minaretes y llegaba hasta ella para bañarla y resaltar su sonrisa, tranquila y decidida.

Nunca había visto a una mujer tan guapa, dulce y digna. Además, era la mujer que más intriga le producía de cuantas conocía. A pesar del apasionado sexo que habían compartido aquella noche, volvía a desearla. Le hubiera gustado tomarla en brazos, devolverla a la cama y tomarla una y otra vez, de manera salvaje, animal… hasta sentirse satisfecho.

—Escápate conmigo —le dijo de repente.

Louisa se rió y miró a su alrededor.

—¿Por qué habría de querer huir de todo esto? —contestó.

Rafael frunció el ceño pensativo. Le costaba pensar cuando Louisa sonreía como lo estaba haciendo, pero recordó el ofrecimiento que le había hecho Xerxes

Novros en París. Era un canalla, pero le había ofrecido su isla.

–¿Y si nos vamos a Grecia? –le propuso a Louisa.

Louisa se dio cuenta de que hablaba en serio y negó con la cabeza.

–Tu fiesta de cumpleaños es dentro de dos días –le recordó.

–Conociéndote, seguro que ya está todo listo.

–Sí, pero…

–Estoy harto de Estambul –la interrumpió Rafael–. Después de la fiesta, voy a vender la casa. Ya nada me ata aquí –le explicó–. Te deseo.

Louisa apartó la mirada.

–Debería irme –comentó.

–¿Adónde?

–Quiero decir que debería buscar otro trabajo, trabajar para otra persona.

Rafael la miró fijamente.

–Imposible –murmuró–. Te necesito.

–Querrás decir que te gusta que trabaje para ti porque es muy cómodo, ¿verdad?

–Sí –contestó Rafael–. Así lo veo yo y no veo razón para cambiar las cosas.

Louisa se rió con amargura.

–Claro. Para ti es muy fácil.

Rafael le puso las manos en los hombros.

–Mira, nos hemos acostado, sí, pero no es el fin del mundo. A mí me ha pasado muchas veces y sé lo que va a suceder. Estaremos locos de pasión el uno por el otro unos cuantos días más y, luego, se nos pasará, podremos volver cada uno a nuestra vida y ya está. Volveremos a nuestras vidas normales, te lo prometo.

–Ya… sí, ya sé que así es como tú lo vives, pero

las he visto a ellas y lo pasan mal, menudos numeritos montan...

—Pero tú no —insistió Rafael—. Tú no eres como ellas, Louisa. Tú tienes mucha más dignidad, mucho más sentido común. Eso es lo que más me gusta de ti —añadió dedicándole una sonrisa cómplice—. Y tu maravilloso cuerpo, por supuesto.

Louisa lo miró y, a continuación, miró hacia el horizonte.

—Olvídate de que soy tu jefe —le dijo Rafael tomándola de las manos y mirándola a los ojos—. Vente conmigo dos días. Déjame que te mime, déjame que te rodee de lujo en un lugar en el que nadie te conoce. Deja que otros te sirvan. Déjame que te dé placer, un placer que jamás has conocido —susurró acariciándole la muñeca por dentro.

Antes de que a Louisa le diera tiempo de contestar, la estaba besando.

—Venga, Louisa, ríndete —le dijo al oído—. Sabes que vas a decir que sí, sabes que vas a ser mía.

«Sabes que vas a ser mía».

Louisa no podía respirar de lo mucho que lo deseaba.

Sabía que debería decirle que no, que ella no era más que su ama de llaves, que no sentía nada por él, que sólo era su jefe, pero, cuando la miraba con aquellos ojos oscuros suyos, no podía mentir.

—Está bien —accedió.

—¿Sí?

—Sí, iré contigo.

Rafael la besó en la palma de la mano sin dejar de

mirarla a los ojos. Louisa no podía negar que quería lo mismo que él y se dijo que no pasaba nada por permitirse dos días con él. Le apetecía vivir como su pareja, saber lo que se sentía cuando un hombre así la mimaba a una.

Siempre recordaría aquellos dos días, su recuerdo la acompañaría cuando lo amara desde la distancia, cuando se le hubiera roto el corazón al aceptar que Rafael jamás la amaría.

Rezó para que Rafael tuviera razón y en dos días se hubiera curado de su estúpido enamoramiento, rezó para que en ese tiempo se saciara de él y pudiera volver a concentrarse en el trabajo que tanto le gustaba.

¿De verdad sería capaz de verlo con otras mujeres sin sentir nada? Eso decía él y Rafael sabía mucho más que ella sobre esas cosas. Ojalá cuando volvieran a Estambul ya no lo deseara ni lo amara.

Entonces, podría curar su corazón, lo recuperaría, no lloraría por él por las noches.

Sí, aquella escapada de dos días podía ser la solución.

A menos que estuviera embarazada, claro.

De ser así, sería demasiado tarde.

Capítulo 3

O TRO TÉ con hielo, señorita Grey?
Louisa estaba tumbada en una hamaca junto a
la piscina y se puso la mano sobre los ojos
para que el sol le dejara ver.

–Sí, muchas gracias –contestó al camarero griego.

Aquello de que le sirvieran en lugar de ser ella la
que servía se le hacía raro, pero era agradable.

El chico, joven y guapo, le entregó un vaso alto con
hielos y una flor, inclinó la cabeza con respeto y se
fue hacia la mansión, situada en lo alto de una colina.

Mientras se tomaba su tercer té de la tarde, Louisa
miró a su alrededor. Todavía estaba sorprendida. Habían llegado el día anterior por la mañana y no se había acostumbrado a que le dieran todo hecho. Por una
vez, no era ella la que corría de un lado para otro intentando que su jefe estuviera satisfecho.

En lugar de estar organizando y limpiando, estaba
tumbada al sol en biquini mientras su pareja nadaba
en una maravillosa piscina cuyo azul intenso se con-
fundía con el del mar Egeo.

Louisa dejó el té en la mesita y suspiró feliz. A
continuación, se estiró y bostezó mientras se giraba y
admiraba la mansión blanca en la que se hospedaban.
Se trataba de una casa enorme y lujosa que colgaba de
un acantilado sobre el mar. Volvió a recostarse y miró

el cielo, que estaba completamente despejado. Tras ponerse las gafas de sol, se dispuso a leer de nuevo.

Se distrajo cuando vio a Rafael saliendo del agua. No podía apartar la mirada. Su piel bronceada brillaba bajo el agua y el sol y era imposible no fijarse en sus músculos, en su torso desnudo, en sus piernas…

Louisa sintió que se le secaba la boca.

–¿Te aburres, querida? –le preguntó Rafael desde el bordillo.

–Sí, mucho –bromeó Louisa.

–Deja ese libro, anda –la instó Rafael avanzando hacia ella con el mismo sigilo con el que un león avanza hacia una gacela–. Si quieres, te puedo divertir.

–Me gusta leer… –protestó Louisa.

Pero, por tercera vez desde que habían llegado, Rafael le arrebató el libro. Se trataba de una novela de amor, sexo y lujo que realmente le apetecía leer. Si conseguía pasar del primer párrafo, claro, porque resultaba que, de repente, su vida tenía más lujo y pasión que cualquier novela.

Rafael le quitó las gafas de sol y las dejó sobre la mesita. A continuación, colocó ambas manos encima del almohadón en el que Louisa reposaba la cabeza, cada una a un lado, y la miró a los ojos. Louisa sintió que la anticipación se apoderaba de ella.

Rafael se inclinó sobre su boca y la besó.

Louisa cerró los ojos y suspiró de placer.

Habían hecho el amor, por lo menos, diez o doce veces desde que habían llegado a aquel maravilloso lugar. Habían sido dos días maravillosos, dos días de cócteles y canapés servidos con elegancia y esmero, dos días de atenciones, dos días de sentirse admirada y cuidada.

¿Todas las mujeres del mundo que salían con hombres ricos se sentirían así o sólo le pasaría a ella y sólo con Rafael? Se sentía como si floreciera bajo la lluvia de sus atenciones.

Nunca se había sentido tan guapa ni tan deseada. Nunca se había sentido tan feliz. Se sentía como si fuera otra mujer. Allí, todo el mundo la trataba como si fuera una criatura preciosa y joven que se mereciera todas las atenciones habidas y por haber. La trataban como si el lujo y la admiración la hubieran acompañado siempre y resultaban tan convincentes que Louisa se lo estaba empezando a creer. Sobre todo, cuando Rafael la besaba como lo estaba haciendo en aquellos momentos.

El objeto de su deseo se apartó de repente y la miró con las pupilas dilatadas.

—Este biquini te sienta muy bien —le dijo con voz grave—. Pero estás todavía mejor sin él.

Louisa lo miró. Era tan guapo que era imposible resistirse a él. En aquel fantástico lugar, no tenía razones para resistirse a él. Allí, no era su ama de llaves sino su pareja.

—Me alegro de que te guste el biquini —contestó Louisa—. Al fin y al cabo, fuiste tú el que insistió en que me lo comprara. Éste y los otros cuatro —se rió—. De verdad, Rafael, ¿cuántos biquinis crees que necesita una mujer para unas vacaciones de dos días?

—Si estamos hablando de ti, preferiría que no necesitaras ninguno —contestó acariciándole la tripa.

A continuación, le desabrochó la parte superior del biquini y la tiró al suelo. Louisa intentó cubrirse los pechos.

—El servicio —protestó.

—No te preocupes. Se les paga para que no vean nada —la tranquilizó apartándole las manos.

Acto seguido, comenzó a acariciarle los pechos y a chuparle los pezones. Poco a poco, se fue deslizando por su cuerpo hasta llegar a su tripa, le desabrochó la braguita del biquini y la desnudó.

Louisa cerró los ojos. Rafael la estaba acariciando como si fuera un tesoro precioso. La besó por todo el cuerpo. Louisa notó que se movía y oyó el ruido de su bañador cuando lo dejó caer al suelo.

Luego, lo sintió encima de ella, pero aquello sólo duró un segundo. De repente, le había dado la vuelta. Louisa abrió los ojos sorprendida y se encontró sentada a horcajadas sobre la erección de su amante.

La tenía entre los muslos. Rafael la miró a los ojos. Louisa tomó aire y comenzó a acariciarlo suavemente. Notó que se excitaba aún más.

—Bésame —le ordenó Rafael.

Louisa dudó. ¿Dónde querría que lo besara? Salió de dudas cuando Rafael la agarró de los hombros y la besó en la boca. Mientras se besaban, sintió su erección moviéndose por su tripa, bajando, buscando la entrada.

Rafael la besó apasionadamente y sus lenguas se hallaron en una danza infinita. Louisa se encontró apretando las caderas contra él involuntariamente mientras sentía el sol en la espalda.

Sabía que Rafael la deseaba por encima de todas las cosas en aquellos momentos, pero también sabía que quería que fuera ella la que tomara la iniciativa. Sí, se lo estaba dejando claro. Sus sexos estaban en contacto, pero no la penetraba. La deseaba, pero quería que fuera ella la que lo tomara.

Así que Louisa tomó aire y se deslizó apenas unos milímetros. Lo oyó gemir de placer. ¿O había sido ella?

Volvió a moverse, se acomodó, volvió a bajar y comenzó a describir círculos. Con cada círculo que dibujaba iba dejándose caer un poco más, haciendo así que la erección de Rafael se adentrara cada vez más en su cuerpo.

Sintió que Rafael se estremecía de necesidad. Aun así, se resistió a acrecentar el ritmo, permitió que fuera ella quien lo hiciera todo. Louisa bajó por completo, sintió toda la erección de Rafael dentro de ella y saboreó el momento cerrando los ojos.

Ojalá aquello pudiera durar para siempre. Por el jadeo de Rafael comprendió que él no opinaba lo mismo. Lo estaba torturando. Aquello la hizo sonreír. Louisa comenzó a moverse, a cabalgar sobre Rafael. Al principio, lo hizo de manera lenta y profunda, pero pronto se dejaron notar las primeras señales del orgasmo y Louisa se aferró a los hombros de Rafael y comenzó a montarlo al galope.

Rafael se estremeció y tembló y gritó su nombre. Al oírlo, Louisa llegó a su clímax también. Oír a Rafael gritando su nombre era más de lo que podía soñar. Cerró los ojos y dejó que las oleadas de placer la cegaran.

Cuando recobró el aliento, estaba tumbada sobre él. Rafael tenía los ojos cerrados y la tenía abrazada. Parecía dormido. Una preciosa sonrisa adornaba sus labios.

Lo amaba.

No podía negarlo.

¿Y para qué negarlo? ¡Era maravilloso!

Sí, lo amaba.

De repente, a Louisa se le borró la sonrisa del rostro. Todavía no se había hecho la prueba de embarazo.

¿Cómo? Estaban en una isla desierta donde sólo había playas, pistas de tenis, piscinas, viñedos y caballos. Cuando volvieran al día siguiente a Estambul, cuando volviera a ser la eficiente ama de llaves de Rafael, se la haría.

También tendría que ponerse en contacto con una inmobiliaria para vender la casa, aquella casa que ella había puesto en marcha, para él, con todo su amor. Una vez más, al igual que en París y que en Miami, se quedaba sin hogar.

¿Conseguiría algún día tener un hogar que nadie le robara?

De repente, los recuerdos que llevaba cinco años intentando mantener a raya, se apoderaron de ella y se acordó de Matthias y… de Katie.

«Lo siento, Louisa, no era mi intención quedarme embarazada».

Rafael comenzó a acariciarle la espalda.

–¿Qué te pasa? ¿En qué piensas?

Louisa tomó aire. No le había contado absolutamente nada de su pasado. No le había dicho que cinco años atrás las dos personas a las que más quería en el mundo la habían herido de muerte. Como resultado, había huido de Estados Unidos para empezar una nueva vida. Cambió su forma de vestir, pasando de prendas de vivos colores a conjuntos serios y aburridos, adelgazó mucho porque no tenía hambre y perdió sus formas femeninas, comenzó a usar gafas en lugar de lentillas y a recogerse el pelo en un severo moño.

Todo para asegurarse de que ningún hombre volviera a fijarse en ella.

Encontró un trabajo nuevo, en París. No le dio miedo trabajar para Rafael. No temía trabajar para un playboy de fama internacional porque ella sólo tenía ojos para el trabajo, vivía para el trabajo.

Había intentado no enamorarse de Rafael, lo había

intentado con todas sus fuerzas, pero de alguna manera se le había colado por la puerta de atrás…

Rafael le acarició la mejilla.

—Ya sé que no me vas a contestar, como de costumbre —le dijo—. Algún día me lo contarás todo.

Mientras Rafael la abrazaba bajo el sol, Louisa pensó que jamás le hablaría del último hombre del que se había enamorado. Había sido su anterior jefe y ella era entonces tan joven… tan joven e ingenua…

Al pensar en el dolor que había experimentado en el pasado, miró hacia el futuro con mucho miedo.

—¿Te gusta este lugar? —le preguntó Rafael jugando con uno de sus rizos.

Louisa lo miró.

—Me gusta tanto que, a lo mejor, me busco un trabajo aquí —bromeó—. ¿Quizás tu amigo, el que te ha dejado la casa, necesite un ama de llaves? ¿Cómo se llama?

Rafael la miró irritado.

—No es un hombre amable. Sobre todo, con las mujeres.

Louisa había hecho aquel comentario para bromear, pero Rafael se lo había tomado muy en serio. ¿Por qué?

—Lo mismo dirán de ti —bromeó acariciándole el hombro.

Rafael apretó los dientes.

—Sí, supongo que sí.

¿Por qué se lo tomaba tan a la tremenda? ¿Estaría celoso? ¡No, seguro que no!

—¡Rafael, que estoy de broma!

—No me hace ninguna gracia que hables de otros hombres —contestó Rafael—. Eres mía.

Louisa lo miró estupefacta.

—¿Soy tuya?

Rafael negó con la cabeza.

—Bueno, ya sabes lo que quiero decir… eres una de mis mejores empleadas, eres…

—No —lo interrumpió Louisa apartándose furiosa—. Te crees que soy tuya, lo has dicho y así lo crees realmente, ¿verdad? Te crees que soy de tu propiedad. ¿Te crees que no tengo sentimientos, que soy como una mesa o algo así? —añadió sin pensar lo que decía.

—No te pongas melodramática —atajó Rafael—. Te pago muy bien y tengo muy claro que trabajas para mí porque te gusta tu trabajo, no porque seas de mi propiedad.

—¿Y ahora? —lo increpó señalando el lujo que los rodeaba—. ¿Ahora también estoy trabajando para ti?

Rafael apretó los dientes.

—¡Sabes perfectamente que no!

—¿Y quién soy aquí para ti?

—Aquí, eres mi pareja. Fuera de esta isla, eres mi mejor empleada. Eres la mujer que organiza y supervisa todas mis casas. No podría vivir sin ti.

Louisa habría preferido que la hubiera abofeteado.

—Me parece que es mejor que me vaya —contestó mareada.

¿Por qué se lo tomaba tan mal cuando había sabido desde el principio la verdad?

—No —dijo Rafael furioso—. No pienso tolerar que trabajes para él ni para ningún otro hombre. Eres mía… mi mejor empleada —insistió corrigiéndose rápidamente.

Dicho aquello, la tomó de la cintura desnuda. Louisa se miró en sus ojos grises. Su rostro era salvaje. Oía su respiración entrecortada. No podía dejar de mirarlo.

La agarró con más fuerza y la besó.

Fue un beso duro y profundo en el que se apoderó de su boca como si llevara mucho tiempo aguantando algo, como si una pasión que ya no podía controlar lo poseyera. Poco a poco, el beso se fue haciendo cada vez más persuasivo y sensual. Louisa le pasó, entonces, los brazos por el cuello, incapaz de resistirse. Rafael la abrazó contra su cuerpo desnudo y la tumbó de nuevo.

Louisa sintió su erección.

—Eres mía —murmuró Rafael—. Dilo.

—Nunca.

Su desafío no hizo sino acrecentar el deseo de Rafael, que volvió a hacerle el amor bajo el sol de manera rápida y fuerte y con una brutalidad a la altura del deseo de Louisa.

—Eres la única mujer en la que he confiado jamás —dijo Rafael después mientras le acariciaba la mejilla—. Hacía mucho tiempo que no confiaba en nadie.

Mientras Rafael la abrazaba con los ojos cerrados, a Louisa se le escapó una lágrima, pues se supo completamente atrapada.

Tenía que admitirlo. Aunque sabía que era una fantasía, aunque sabía que era de locos, no podía no amarlo.

Hubiera sido como pedirle que dejara de respirar.

Era suya, sí.

Completamente suya.

Capítulo 4

A LA TARDE siguiente, ya en Estambul, Louisa salió del hospital privado situado en la plaza Taksim. No veía por dónde iba. Un fuerte pitido la sacó de sus ensoñaciones justo cuando un taxi estuvo a punto de atropellarla. El conductor le dedicó unos cuantos improperios en turco y Louisa, al borde de las lágrimas, se quedó temblando en la acera.

Embarazada.

Sí, estaba embarazada. Iba a tener un hijo de Rafael, el hijo que le había prometido que no podía concebir.

Llevaba una semana haciendo caso omiso a su intuición, diciéndose que era una tontería, pero no era así, tenía razón en temer estar embarazada porque, tal y como le acababa de confirmar el médico, lo estaba.

¿Qué diría Rafael cuando se lo contara?

Louisa caminó hasta su coche temblando y tomando aire para calmarse. A continuación, condujo en dirección norte a través del denso tráfico.

Llevaban en Estambul tan sólo unas horas, pero entre ellos todo había cambiado ya. Nada más llegar, Rafael se había metido en el despacho tras gritarle al servicio que pronto la casa estaría vendida. Mientras tanto, el servicio se había acercado a Louisa para preguntarle por los últimos preparativos para la fiesta.

Louisa volvía a ser la empleada y Rafael el jefe.

Los amantes habían quedado en la isla.

Louisa se paró en un semáforo y se quedó mirando los edificios y las vallas publicitarias. Tenía que lavar el coche. Se lo diría al chófer en cuanto llegara...

¿Y debía decirle a Rafael que estaba embarazada? Recordó las palabras de su tía abuela.

«Di siempre la verdad, pequeña. Es mejor ponerse una vez rojo que ciento amarillo».

Había ahorrado el sueldo de cinco años porque no se había tomado vacaciones ni una sola vez. Siempre encontraba motivos para anteponer los intereses del señor Cruz a los suyos. Siempre se decía que ya tendría tiempo de ver Europa algún día, pero nunca había encontrado el momento de hacerlo.

¿Y qué había ganado? ¡Nada, ser cinco años mayor, estar embarazada y encontrarse sola!

La vibración que emitía el utilitario era hipnótica.

Embarazada.

Louisa cruzó las verjas de la mansión sin apenas reparar en el educado saludo que le brindaba el guarda de seguridad, aparcó el coche, informó al ayudante del chófer de la necesidad de lavarlo y entró en la casa.

Todo estaba precioso para la fiesta de cumpleaños de Rafael que se iba a celebrar aquella noche. Había flores frescas en todas las estancias, rosas del jardín combinadas con ramas de laurel y lirios naranjas.

Como era la primera fiesta que Rafael daba en su casa de Estambul, Louisa lo había preparado todo con mucho esmero. Para empezar, había elegido un menú a base de los exóticos sabores de la ciudad. El cocinero que, gracias a Dios, se había recuperado corría de un lado a otro de la cocina ordenándoles a sus ayudantes que prepararan el *midye dolmasi,* mejillones rellenos de arroz especiado, el guiso de mariscos, los kebabs de cordero y las frutas y tartas del postre.

Louisa también había preparado un postre. No era una receta típica turca, pero era el postre preferido de Rafael y por eso lo había preparado aquella mañana. Era su regalo de cumpleaños, una manera de decirle lo mucho que lo amaba. Había tardado más de una hora en hacer los brownies de nueces de macadamia con caramelo y chocolate blanco.

Louisa quería que aquella primera fiesta que Rafael daba en aquella casa fuera especial, pero la casa sería puesta a la venta al día siguiente, así que también iba a ser la última.

Louisa miró a su alrededor con un nudo en la garganta.

Había querido que todo estuviera perfecto par él, había arreglado su casa y la había dejado preciosa para él, había querido hacerle la vida lo más cómoda y fácil posible, se había sacrificado constantemente por él.

Y ahora todo eso había terminado.

En cuanto le dijera que estaba embarazada, todo aquello quedaría en el pasado, perdería todo lo que le importaba, el trabajo que tanto el gustaba y el hombre al que amaba.

¿Adónde iría sin él? ¿Qué haría sin él?

Louisa subió las escaleras abatida. Al pasar por el despacho de Rafael, oyó lo que le decía uno de sus ayudantes.

—La señorita Lepetit al teléfono, señor.

Louisa se quedó helada.

Dominique Lepetit era una actriz famosa y guapa que se pasaba el día en topless en la playa durante el Festival de Cannes, sonriendo a los periodistas y permitiendo que la fotografiaran medio desnuda. Era rubia, de curvas infinitas y cruel. Por lo visto, tenía todo lo que les gustaba a los hombres.

—Dile que estoy ocupado —contestó Rafael en tono cortante.

Louisa exhaló.

Quería que Rafael le fuera fiel.

¿Rafael Cruz fiel a una mujer? Mientras seguía subiendo las escaleras en dirección a su habitación, se rió de sí misma. Serían las hormonas del embarazo. Estaba loca. Sí, pero Rafael no había querido hablar con Dominique Lepetit.

A lo mejor había cambiado...

Quizás hubiera comprendido que, a veces, el destino nos cambia la vida para mejor.

Al llegar a su habitación, Louisa cerró la puerta y se apoyó en ella. A continuación, miró hacia abajo y se cubrió la tripa con las manos.

Embarazada.

Dentro de ella estaba creciendo una vida, estaba formándose el hijo de Rafael. Aquello la hizo sonreír. Un bebé. Un bebé maravilloso al que abrazar y querer. Sus padres habían muerto hacía tiempo y llevaba cinco años sin ver a su hermana pequeña. Con aquel bebé, por fin, tendría su propia familia, una razón para crear un hogar después de tantos años sola.

¿Se habría sentido Katie así cuando descubrió que estaba embarazada?

Louisa apartó aquella pregunta de su mente. No quería pensar en Katie ni en la sobrina o el sobrino al que no conocía. Supuso que el pequeño tendría ya hermanos… todos hijos de Matthias Spence.

Llevaba años intentando no pensar en él y le sorprendió que ya no le doliera hacerlo. Cuando le pidió que se casara con él, Louisa llevaba tan sólo unos meses trabajando en su casa. Lo conocía mucho menos que a Rafael. Mirándolo desde el presente, su relación se le antojaba fruto del enamoramiento de una colegiala, nada que ver con la enormidad de estar esperando un hijo de Rafael.

¿Cómo se lo iba a decir?

Louisa tomó aire y se dirigió al armario, abrió la puerta y rebuscó detrás de la ropa de trabajo hasta que encontró un vestido negro muy sexy.

La última vez que se lo había puesto había sido estando prometida con Matthias. Su hermana, que estaba pasando un mes con ellos, le había dicho que se fueran de compras.

–Qué suerte tienes –había comentado Katie, que por entonces estaba en la universidad–. Vas a pasar de ser el ama de llaves de un rico a su esposa.

–Lo quiero –había contestado Louisa.

Y, a continuación, había dejado que su hermana la convenciera para gastar el sueldo de un mes en aquel vestido que había de lucir en su fiesta de pedida. Quería estar guapa para Matthias y dejar con la boca abierta a sus amigos. Unas semanas después, apenas una hora antes de la pedida, Katie le había dicho que quería hablar con ella en privado.

–¿Cómo has podido hacerme esto? –la increpó Louisa unos minutos después.

–¡Lo siento! –se lamentó Katie–. No quería que

darme embarazada. Nada de esto habría pasado si tú no le hubieras dicho que querías llegar virgen al matrimonio. ¿Quién hace estas tonterías hoy en día? —le había reprochado su hermana de diecinueve años.

—Yo —había contestó Louisa agarrando su bolso y saliendo de la casa de Miami.

Y en su huida había ido a parar a París. Había estado a punto de tirar el vestido a la basura entonces, pero por alguna extraña razón lo había guardado y ahora era lo único que le quedaba de su antigua vida, aquella vida que había llevado antes de tener miedo del amor, antes de recorrer el mundo como un fantasma.

Mientras se lo ponía, se dijo que no debía hacerse ilusiones, que Rafael jamás se enamoraría de ella y que, desde luego, jamás se casaría con ella. Rezó para que, por el contrario, se enamorara y aceptara al niño.

Ésa fue la única razón por la que se puso el vestido.

Le quedaba un poco suelto porque había adelgazado durante aquellos años en los que no había tenido tiempo de hacer ejercicio ni de comer sentada ni de cuidarse. Louisa se puso un cinturón. Seguía quedándole bien el vestido. Se cepilló el pelo y se lo dejó suelto, se quitó las gafas y se puso las lentillas, añadió máscara de pestañas a sus ojos y color a sus labios y se miró al espejo.

Estaba guapa.

Louisa rezó para que le sirviera de algo porque estaba aterrorizada.

Mientras bajaba las escaleras, oyó que empezaban a llegar los primeros invitados. Rafael estaba en el vestíbulo, recibiéndolos. Louisa se paró, se agarró a la barandilla de madera y tomó aire mientras se acariciaba la tripa.

¿Se harían realidad sus sueños aquella noche?

—«Estoy embarazada, Rafael» –le diría.

Él la miraría con los ojos muy abiertos y ahogaría un grito de emoción. A continuación, la tomaría entre sus brazos.

—«Qué contento estoy. Quiero a este niño y te quiero a ti porque eres la única mujer que existe para mí» –le diría tomándola del mentón y mirándola a los ojos–. «Te quiero, Louisa».

—Louisa.

Louisa volvió al presente y vio que Rafael la estaba mirando como si llevara el pelo morado y fuera vestida de conejo de la suerte.

—¿Por qué te has vestido así? –le preguntó con frialdad mientras la miraba de arriba abajo.

No era la reacción que Louisa esperaba, pero sonrió y siguió bajando las escaleras. Con cuidado, pues llevaba tacones.

—Me he vestido así para la fiesta –le dijo quedándose un escalón por encima de él–. Para tu cumpleaños –insistió.

—Vas a llamar la atención de todo el mundo –ladró Rafael.

«Los empleados domésticos deben ser invisibles».

Era la regla de oro que le habían grabado a fuego en la cabeza durante el curso de diez meses que había realizado cuando habían muerto sus padres. Al principio, se había visto obligada a renunciar a la beca que tenía para ir a la universidad y a quedarse en casa cuidando de su hermana pequeña y de su tía abuela enferma, pero su tía abuela le había dejado una pequeña herencia y Louisa había aprovechado para formarse como ama de llaves.

«No sois personas, sois herramientas para vuestros jefes. Tenéis que servirlos siendo invisibles. Nunca invadáis su intimidad ni os hagáis notar. Sería vergonzoso para ambos».

Louisa dio un respingo.

—¿No te gusta mi vestido?

—No —contestó Rafael.

Era increíble pensar que aquella misma mañana la tenía abrazada contra su pecho, desnudos los dos en la piscina de Grecia. Y ahora, cuando más necesitaba su atención, Rafael se distanciaba de ella.

¿Estaría pensando en Dominique Lepetit, que ya iba para allá? ¿Ya se habría olvidado de ella?

—Vete a cambiarte —le ordenó con frialdad—. Los invitados ya están llegando.

Parecía que no le importaba nada. Tal y como le había dicho, su aventura de dos días lo había dejado satisfecho y punto. Había tenido suficiente y había pasado página.

Louisa tomó aire y se dijo que daba igual lo que sintiera por ella. Lo importante era el hijo que esperaba. Rafael tenía que saber que estaba embarazada. Se lo tenía que decir por el bien del niño.

Así que, cuando Rafael se giró para irse, Louisa hizo acopio de valor y lo agarró de la muñeca.

—Tengo que hablar contigo —le dijo.

Rafael se quedó mirando la mano que descansaba sobre su muñeca y Louisa la retiró como si se hubiera quemado.

—Quiero que te vayas a Buenos Aires mañana mismo —le dijo Rafael.

—¿A Buenos Aires? ¿A qué? —se extrañó Louisa.

–A dirigir la casa de allí –contestó Rafael girándose de nuevo–. Ve a cambiarte de ropa –insistió.

Louisa sintió un inmenso dolor.

No se lo podía haber dicho más claro. Para él, sólo era una empleada. Lo cierto era que, incluso en Grecia, no había sido más que eso. En lugar de ocuparse de sus casas, se había ocupado de su cama, pero en esencia era lo mismo, lo único que había hecho había sido servirle.

Y ahora que había terminado con ella, lo único que Rafael quería era que volviera a ser invisible, que volviera a convertirse en el eficiente fantasma que había sido hasta entonces.

¿Así que lo único que le interesaba de ella era eso? ¡Pues muy bien!

Louisa apretó los dientes.

Pero si esperaba que se fuera dócilmente a Buenos Aires a servirlo, estaba muy equivocado. ¡No pensaba aguantar tener que verlo con una mujer cada día sin poder decir nada!

Louisa sintió que la cabeza le daba vueltas. Le dolía y tenía náuseas, pero logró apartar el dolor. Ya se ocuparía de sus sentimientos más tarde. De momento, tenía que ocuparse de la fiesta.

Estaba decidida a que la fiesta de cumpleaños de Rafael saliera perfecta para que nunca le pudiera echar nada en cara. Iba a comportarse de nuevo como el ama de llaves perfecta.

Luego, le contaría que se había quedado embarazada accidentalmente. No lo iba a hacer porque tuviera esperanzas de que sintiera algo por ella sino porque su hijo merecía tener un padre y Rafael merecía saber la verdad.

En aquel momento, llamaron al timbre.

–Tus invitados ya están aquí, efectivamente, así que no me da tiempo de cambiarme de ropa –le dijo pasando frente a él para abrir la puerta.

Louisa se quedó junto a la puerta para hacerse cargo de los abrigos de los invitados. La casa estaba perfecta. Desde allí, lo fue supervisando todo. Mientras se hacía cargo de los abrigos, se fue dando cuenta de que cada invitado era más rico, guapo y poderoso que el anterior. Observó cómo Rafael saludaba a todos, a algunos estrechándoles la mano y a otros con una palmada en la espalda.

A las mujeres las saludó, a todas, besándolas en ambas mejillas. Las cinco mujeres que llegaron eran preciosas y todas lo miraban con deseo. No era para menos, pues llevaba esmoquin y parecía un ángel.

A ella no la miró ni una sola vez. Se había olvidado de su existencia. Como también se había olvidado del precioso reloj antiguo y del perchero para los sombreros que Louisa había elegido con tanto cuidado. Rafael utilizaba todas sus posesiones, incluida ella, sin prestar atención y, cuando ya no le servían, se deshacía de ellas.

Louisa apretó los dientes.

–Dominique –ronroneó Rafael ayudando a la actriz a quitarse el abrigo de pieles blanco–. Me alegro de verte –añadió sonriéndole de manera seductora.

–Hola, Rafael –contestó ella.

Parecía una gata persa con su naricilla de botón, sus enormes ojos azules y su pelo rubio platino. Llevaba un minivestido dorado que apenas le cubría los pezones y el trasero.

–No me perdería tu cumpleaños por nada del mundo,

chéri –le dijo sonriéndole con sus labios pintados de rojo.

Al verlos juntos, Louisa se dio cuenta de lo vulgar que era ella, de lo desgarbada que estaba con su vestido viejo. Aquello le dolió. Veinte minutos antes, al mirarse en el espejo, le había parecido que estaba guapa, pero ahora se encontraba terrible. Debería haberse puesto un traje de chaqueta gris y las gafas, como siempre. Así, nadie se habría fijado en la chica normal y corriente que había intentado ponerse guapa y competir con Dominique Lepetit.

Rafael y Dominique estaban hechos el uno para el otro, tanto física como anímicamente, pues la francesita tenía fama de quitarse de en medio a los hombres cuando se aburría de ellos con la misma soltura con la que Rafael rompía el corazón de las mujeres.

Louisa tragó saliva y clavó la mirada en el suelo.

De repente, sintió que le tiraba el abrigo de pieles. Pesaba un montón. Claro, era un animal muerto.

–Ocúpate del abrigo –le dijo Rafael.

–Sí, señor Cruz –contestó Louisa con tristeza.

La fiesta fue maravillosa. Sirvieron *mezes*, canapés envueltos en hoja de parra, alcachofas y *hummus* con pan de pita acompañado todo con vino argentino.

Louisa supervisó todo, incluso al cocinero que, aunque se había recuperado de la gripe, estaba a punto del colapso emocional a causa de los nervios, pues había visto a todos los famosos que habían acudido a la fiesta de su patrón y, por gritarle a uno de sus pobres ayudantes, estuvo a punto de cortarse la yema del dedo pulgar.

Louisa estaba preparada y formada para hacerse cargo de todo, así que tranquilizó al cocinero y se ocupó de que los camareros sirvieran la cena. Cada vez que entraba en el comedor, se sentía cautivada por la belleza y la riqueza de los comensales, que hablaban y se reían. No podía tampoco dejar de mirar a Rafael de reojo. Constantemente lo encontró mirándose en los ojos de Dominique.

Tenía claro desde el principio que Rafael se olvidaría de ella, pero, ¿tan pronto?

Louisa tragó saliva y se preguntó cómo le iba a contar que estaba embarazada. ¿Debía contárselo? ¿Y si rechazaba al niño? ¿Y si la acusaba de quedarse embarazada adrede y era incapaz de querer al bebé que habían engendrado entre los dos, pero que él nunca había buscado?

Cuando la interminable cena tocaba a su fin, Louisa anunció con voz grave que los postres y el café se servirían en la terraza. Una de las actrices invitadas le preguntó qué había de postre y Louisa no pudo evitar mirar a Rafael cuando nombró el brownie de nueces de macadamia con caramelo. Sus ojos se encontraron y Rafael se quedó mirándola fijamente. En ese momento, a Dominique se le cayó la copa de vino.

–Vaya, qué mala pata –se lamentó.

Louisa se apresuró a limpiarla con una toallita y se fijó en su sonrisa felina cuando se echó hacia delante, impidiendo que Rafael la siguiera mirando.

Otro invitado, un hombre muy guapo que estaba sentado enfrente, miraba la escena divertido e interesado. Cuando Louisa se irguió, se encontró con su mirada. El desconocido le sonrió como si lo supiera todo y Louisa se sonrojó de pies a cabeza.

–Novros –dijo Rafael de repente–. Tenemos que hablar.

–Muy bien –contestó el otro.

–Si nos disculpáis –les dijo a los demás–. Nos reuniremos con vosotros en la terraza en un momento. Señorita Grey, por favor, muéstreles el camino a mis invitados.

–Por supuesto, señor Cruz –contestó Louisa con un nudo en la garganta.

Una vez fuera, los invitados siguieron charlando entre ellos mientras las camareras les ofrecían un surtido de postres, café turco y licores. Louisa supervisó todo de nuevo. En un momento de calma, miró hacia el cielo y tomó aire.

El día anterior era su pareja, el día anterior era libre, el día anterior era todo lo que siempre había querido ser.

Cuánto podía cambiar en tan sólo un día.

A principios del siguiente otoño sería madre, tendría un bebé al que querer y del que ocuparse. ¿Tendría padre aquel niño o Rafael no querría saber nada de él?

Louisa se estremeció de pies a cabeza. En el fondo, sabía cuál era la respuesta a aquella pregunta. Rafael no se quería casar ni tener hijos. Había sido una tonta por soñar con que eso podía cambiar.

Louisa se quedó mirando el jardín y deseó irse para no darle la oportunidad a Rafael de que los despreciara y los abandonara.

¿Por qué no se había ceñido a su plan de vida original en el que primero se casaba y luego tenía hijos?

Sencillamente, porque llevaba años enamorada de Rafael y a sus veintiocho años se había dejado llevar por la realidad y no por la teoría. La virginidad le había comenzado a pesar y se sentía falta de cariño.

Louisa tomó aire y se dijo que, en cuanto tuviera oportunidad, debía hablar con Rafael, debía contarle la verdad, por mucho que le doliera.

Rafael lo estaba pasando fatal.

Llevaba toda la noche distraído.

Por estar de vuelta en Estambul, por sus invitados, por su cumpleaños, por el negocio que estaba a punto de cerrar.

Y, sobre todo, por Louisa.

Estaba intentando con todas sus fuerzas no pensar en ella, imponer la distancia propia de jefe y empleada, quería que todo volviera a ser como antes. Le había prometido que sería fácil, ¿verdad? Le había prometido que, cuando volvieran a Estambul, todo volvería a ser como antes, pero su plan, que nunca antes le había fallado, le estaba fallando ahora.

Por alguna extraña razón, después de haberse pasado dos días enteros haciéndole el amor, seguía deseándola.

Más que nunca.

Y, por si eso no fuera suficiente, Louisa aparecía de repente con un vestido negro y apretado de lo más sexy. ¿Lo estaba intentando torturar o se había dado cuenta ya de que no podía mantener su palabra y estaba buscando un nuevo jefe?

Rafael apretó los puños. Desde que la había visto vestida así, se había enfadado al pensar que los demás hombres se iban a fijar en ella. Sobre todo, su rival en los negocios, Xerxes Novros. Lo había invitado para cerrar por fin la venta de París, pero no eran amigos. Ni mucho menos. Novros coleccionaba mujeres. A su lado, Rafael era un santo.

Por eso, le había ordenado a Louisa que se cambiara de ropa, porque sabía que, en cuanto su rival la viera, repararía en ella.

—No te he felicitado todavía, así que felicidades —le dijo el griego mientras se perdían por el pasillo.

—Gracias —contestó Rafael.

Aquel día cumplía treinta y siete años y ya no se sentía joven e invencible, comenzaba a sentirse algo hastiado y quería irse de aquella ciudad para dejar atrás el recuerdo del entierro de su padre y su fracaso.

Rafael tenía cientos, quizás miles, de amigos por todo el mundo. Eran divertidos e inteligentes. Ellas eran guapas y muchas de ellas estaban deseando acostarse con él. Ellos, casi todos, eran rivales de negocios, tiburones de dientes afilados. Incluidos los que estaban allí aquella noche.

Rafael necesitaba distraerse.

La necesitaba a ella.

—Tienes una casa muy bonita —comentó Xerxes Novros mientras seguía a Rafael hacia su despacho privado—. Has dicho que ha sido tu ama de llaves la persona que se ha encargado de reformarla, ¿verdad? ¿Es la preciosa mujer del vestido negro?

—Sí —contestó Rafael encendiendo la luz y cerrando la puerta tras ellos—. Tus abogados me han mandado las correcciones esta mañana. Firma estos documentos y todo solucionado —añadió entregándole unos papeles que había sobre su mesa.

—¿Tiene pareja?

—¿Quién?

—Tu ama de llaves.

—No es asunto tuyo.

Xerxes Novros sonrió como un lobo, se apoltronó en una butaca y leyó el contrato.

Rafael se sentó tras su mesa y se quedó mirándolo. No tendría que haberle pedido su isla durante dos días. Ahora se sentía en deuda con él de alguna manera y eso no le gustaba teniendo en cuenta que estaban a punto de cerrar una venta millonaria y, menos todavía, porque Xerxes Novros se había fijado en Louisa.

—Parece que todo está en orden —comentó Novros—. Si me das a tu ama de llaves, cerramos el trato —añadió sonriente.

Rafael apretó con fuerza el bolígrafo que tenía en la mano.

—Ten cuidado —le advirtió a su contrincante—. No hables de ella. No te atrevas siquiera a mirarla.

Novros enarcó una ceja.

—Ya —comentó volviendo a mirar el contrato—. Lo siento. Voy a necesitar más tiempo para pensármelo.

Rafael apretó los dientes. Necesitaba comenzar a remover tierra en la enorme y carísima parcela y ambos lo sabían. Quería construir en París una ciudad social para su multinacional. Ya habían hablado del precio.

Le hubiera gustado darle un puñetazo, pero sonrió.

—Si firmas el contrato, te doy también esta casa —le propuso.

Xerxes Novros se quedó mirándolo un momento.

—Trato hecho —contestó asintiendo y firmando el contrato—. Habría vendido por menos la parcela de París —añadió con una sonrisa insolente.

Rafael agarró el documento y lo metió en la caja de seguridad.

—Y yo habría vendido esta casa por un euro.

–Entonces, los dos hemos salido ganando –comentó Xerxes Novros–. ¿Cuánto tiempo necesitáis para salir de mi nueva casa?

–Una semana –contestó Rafael.

–Muy bien –dijo Novros poniéndose en pie–. Supongo que la chica que te llevaste a la isla era tu ama de llaves.

Rafael se tensó. Le molestaba que el otro se hubiera dado cuenta.

–¿Te cuesta creerlo?

–Ahora que la he visto, no –contestó sinceramente–. Pero ten cuidado –le advirtió.

–¿Cómo? –se extrañó Rafael.

–Con su pasado.

Rafael lo miró fijamente. Xerxes Novros sabía algo sobre Louisa que él ignoraba.

–¿Qué pasa con su pasado?

–¿No lo sabes? Tu querida señorita Grey trabajaba para un amigo mío de Miami. Lo encandiló con promesas de virginidad hasta que mi amigo le pidió que se casara con él. Entonces, ella le dijo que no se acostarían hasta después de la boda. Cuando él comenzó a perder interés, ella invitó a su hermana pequeña a pasar una temporada con ellos. La chica no tardó en seducir a mi amigo y en acostarse con él. Estaba tan necesitado de sexo que se olvidó de ponerse un preservativo y la chica se quedó embarazada, tal y como ambas hermanas habían planeado, y no tuvo más remedio que casarse con ella –le contó–. Muy inteligentes las dos, ¿eh?

Rafael sintió un escalofrío por la espalda.

–Te lo digo de soltero a soltero –se despidió Novros–. Ten cuidado.

¿Así que ése era el secreto de Louisa? ¿Aquél era el gran misterio de su pasado? ¿Algo tan manido y sórdido como apropiarse de la fortuna de un hombre atrapándolo con un embarazo no deseado?

Rafael recordó entonces que había llamado para obtener referencias de Louisa y la esposa de su último jefe le había hablado maravillas de ella. ¿Cómo no lo iba a hacer si era su hermana?

—Si la dejas embarazada, estás perdido —comentó Novros desde la puerta—. Es guapa, sin embargo… mándamela cuando te hayas hartado de ella, ¿de acuerdo?

Una vez a solas, Rafael se quedó mirando a la nada.

Louisa le había dicho que estaba tomando la píldora anticonceptiva y él la había creído a pies juntillas porque estaba convencido de que Louisa Grey jamás lo engañaría.

¡Él, que no confiaba en ninguna mujer, había confiado en ella!

Rafael sintió que la furia se apoderaba de él. ¿Sería cierto lo que le había sugerido Xerxes Novros? ¿Habría intentado Louisa quedarse embarazada? Desde luego, oportunidades no le habían faltado. En Grecia, no habían utilizado preservativos ni una sola vez.

Podría estarlo ya.

Rafael puso las manos sobre la mesa y se levantó. Tras tomar aire profundamente, cerró los ojos y apretó los puños. A continuación, salió al jardín, donde se encontró con Dominique, que lo esperaba a la luz de la luna.

—Llevo un buen rato esperándote, cariño —lo saludó la francesa haciendo un mohín y acercándose a él con los brazos abiertos—. Cuánto has tardado…

Rafael la apartó con frialdad.

–Vete a casa, Dominique –le dijo–. La fiesta ha terminado.

Y la dejó con la boca abierta mientras se dirigía a la terraza. Allí vio a la fuente de su deseo, su sufrimiento y su enfado.

Louisa.

Capítulo 5

LOS FAROLILLOS de papel de vivos colores colgaban de los árboles y ondeaban al son de la brisa, iluminando el jardín que daba al Bósforo.

Louisa estaba recogiendo los platos que habían quedado en la terraza.

Tras tomarse el postre, las bellas mujeres y sus poderosos acompañantes habían desaparecido rumbo a sus villas alquiladas o a sus lujosos hoteles, seducidos por sí mismos, por sus parejas y por el encanto de Estambul.

Louisa levantó la mirada al oír una risa femenina. Era la risa de Dominique Lepetit. También oyó la voz de Rafael. Louisa tuvo que hacer un gran esfuerzo para que no se le cayeran las lágrimas, pero recuperó la compostura, tomó aire y siguió limpiando la mesa de piedra. A continuación, recogió la cafetera de plata y los platos en una bandeja.

Se fijó en que habían sobrado pastas y dulces típicos de la ciudad, pero de su brownie no habían quedado ni las migas. Rafael no había podido ni probarlo…

Al oír pasos, volvió a levantar la mirada y vio a un hombre que la miraba desde el otro lado de la terraza.

–¿Usted es la señorita Grey?

–Sí.

–¿Y el postre de chocolate blanco lo ha hecho usted? Me ha encantado. ¿Cómo se hace?

–Es una receta secreta –contestó Louisa tragando saliva.

–Secreta, ¿eh? Qué bien… ¿Y si le dijera que le doy un millón de dólares a cambio de su receta?

No era un tipo guapo, pues tenía la nariz levemente torcida y una sonrisa cruel.

–No se la daría –contestó Louisa–. Es mía.

El desconocido la miró y sonrió.

–Bien hecho.

Y, dicho aquello, desapareció. Louisa se quedó mirando a la oscuridad con la bandeja de platos y tazas en las manos.

–¿Qué te ha dicho?

Era Rafael y parecía enfadado.

Louisa se giró bruscamente y estuvo a punto de tirar la bandeja. Rafael se la arrebató y la dejó sobre la mesa de nuevo.

–¿Qué te ha dicho Novros? –insistió.

Louisa negó con la cabeza.

–Nada –contestó frunciendo el ceño confundida.

–No me mientas. He oído que te estaba hablando. ¿Te ha ofrecido trabajo? –insistió tomándola de la muñeca con tanta fuerza que Louisa se asustó–. ¿Te ha ofrecido algo más?

–No –contestó Louisa sorprendida.

–¿Entonces?

Louisa tragó saliva.

–Lo que me ha dicho no tenía sentido.

–Dime qué te ha dicho –le ordenó Rafael apretándole todavía más la muñeca.

–Se ha ofrecido a darme un millón de dólares a cambio de la receta de mis brownies y, cuando le he dicho que no, me ha dicho que bien hecho.

Rafael apretó los dientes.

–¿Tú sabes qué ha querido decir? –le preguntó Louisa.

Rafael negó furioso.

Louisa se mojó los labios con nerviosismo. ¿Por qué estaba Rafael tan enfadado? Creía conocerlo, pero nunca lo había visto así y no le gustaba.

–¿Qué te pasa? –le preguntó zafándose de él.

–Lo sabes perfectamente –contestó Rafael.

–¿Algo que ver con su negocio, señor Cruz? –aventuró Louisa.

Rafael sonrió con ironía.

–Siempre pensando en el dinero, ¿eh?

A Rafael tampoco lo entendía. ¡Estaba diciendo tantas tonterías como el griego! Louisa agarró el trapo con el que había limpiado la mesa.

–Seguro que la señorita Lepetit te estará buscando.

–La señorita Lepetit se ha ido... al igual que el resto de los invitados –le dijo Rafael–. Estamos solos.

–Oh –murmuró Louisa mojándose los labios.

Había llegado el momento. Ahora tenía la oportunidad de decirle que estaba embarazada. ¿Pero sería un buen momento con el enfado que tenía? Louisa retorció el trapo y lo miró.

–Te tengo que contar una cosa, Rafael –murmuró–. Es importante.

Rafael la tomó de los hombros.

Louisa dejó caer el trapo sobre la mesa.

–¿De qué se trata? –le preguntó Rafael en voz baja.

Louisa tomó aire y lo miró a los ojos. ¿Lo sabría ya? ¿Se habría dado cuenta?

–Se trata de algo que creía que no iba a suceder –comenzó Louisa–. Me ha costado asumirlo…

–A ver si lo adivino –la interrumpió Rafael con sarcasmo–. Te has enamorado perdidamente de mí.

Louisa ahogó una exclamación de sorpresa.

Y le dijo la verdad.

–Sí.

Rafael la miró con dureza.

–Durante mucho tiempo has sido todo un misterio –comentó apartándole un mechón de pelo de la cara–, pero ahora, por fin, te entiendo.

Louisa se estremeció y cerró los ojos.

¿De verdad todos sus sueños estaban a punto de hacerse realidad? ¿Le diría Rafael que él también estaba enamorado de ella? ¿La tomaría en brazos y le daría vueltas en el aire de felicidad cuando le dijera que iban a ser padres?

Louisa Grey no podía respirar.

–Me has estado engañando –anunció Rafael–. Exactamente igual que tu hermana y tú le hicisteis a tu anterior jefe.

Louisa abrió los ojos.

–¿Mi… mi hermana?

Sintió los dedos de Rafael clavándose en sus hombros como garras y vio sus ojos, que reflejaban odio.

–Creí que me podía fiar de ti –le dijo él–, pero era todo mentira, ¿verdad?

–No –contestó Louisa negando con la cabeza–. Te equivocas.

Rafael se rió con crueldad.

–Confiaba en ti. Confiaba en ti como nunca he confiado en ninguna mujer que siga con vida. ¿Llevas estos últimos cinco años intentando atraparme?

–¿Cómo? –gritó Louisa con lágrimas en los ojos–. Yo no…

–¡Dime la verdad! –la recriminó con frialdad–. ¿Me he equivocado al confiar en ti? ¿Me mentiste cuando me dijiste que estabas tomando la píldora?

Louisa lo miró horrorizada.

Se hizo el silencio entre ellos. Lo único que se oía era la suave brisa que movía los farolillos de papel.

Rafael apretó los dientes.

–Creía que era suficiente con llamar a casa de tu último jefe. Hablé con su esposa y, claro, qué iba a saber yo que era tu hermana. Por supuesto, habló muy bien de ti. ¡Ahora comprendo por qué! ¡Te estaba ayudando a que tú también engañaras a un hombre rico, como ella!

Louisa dio un paso atrás, rota de dolor.

–¡No fue así!

–¿Ah, no? Entonces, ¿cómo fue?

Louisa tomó aire. No quería hablar del pasado, pero no tenía elección. Por el bien de su hijo, tenía que hacerle entender a Rafael que su embarazo había sido un accidente y no una trampa.

–Hace cinco años, me enamoré de mi jefe –comenzó. Pero se calló.

Rafael le apretó el hombro.

–Continúa.

–Llevaba pocos meses siendo su ama de llaves cuando Matthias me pidió que me casara con él. Acepté, pero le dije que quería mantenerme virgen hasta la noche de bodas. Por aquel entonces, era joven e idealista. Mi hermana pequeña vino a quedarse con nosotros durante unas vacaciones de la universidad –le explicó compungida–. La noche de nuestra fiesta de pedida, Katie me dijo que Matthias no se iba a casar conmigo sino con ella porque estaba embarazada.

Rafael la miró fijamente y tomó aire. Louisa creyó que la iba a consolar, pero no fue así.

—Eso era exactamente lo que vosotras dos habíais tramado, ¿verdad? Tú te encargaste de tenerlo muerto de deseo y tu hermana lo sedujo hasta hacerlo caer en la trampa. Igual que yo he caído en la tuya —le espetó con frialdad—. Confiaba en ti, Louisa. Aunque debería haber sospechado la primera vez que me acosté contigo. ¿Por qué ibas a estar tomando la píldora siendo virgen y sin tener novio?

—Ya te lo dije, el ginecólogo me la recetó para tratarme los dolores y la regularidad de la menstruación.

—Siempre he creído que aquella noche en París, cuando llegué a casa y te encontré llorando desconsoladamente, había sido una coincidencia que no hubiera ni un solo preservativo en toda la casa, pero ahora comprendo que lo tenías todo planeado y yo, loco de deseo, caí en tus garras.

Louisa lo miró dolida.

Le acababa de contar su pasado, algo que jamás le había contado a nadie, pero a Rafael le daba igual. Él lo único que quería era tergiversar la situación.

Aquello la indignó.

—¡Es verdad que no había comprado preservativos, pero no lo hice adrede! —se defendió—. ¡Si no hubieras utilizado tantos, te habría quedado alguno! —le espetó elevando el mentón en actitud desafiante.

Rafael apretó los dientes y la soltó de repente.

—Me engañaste haciéndote la interesante, la intocable. Sabías que eso me intrigaría. Y, luego, hiciste que te encontrara llorando para que te diera consuelo. Y tú sabías muy bien que yo sólo doy un tipo de consuelo.

–¡No tenía ni idea de que ibas a volver a casa antes de lo previsto! ¡Ni se me pasó por la cabeza que me fueras a seducir!

–¿Entonces no estás embarazada?

Louisa inhaló aire con fuerza.

Aquello estaba resultando mucho peor de lo que había imaginado. ¡Rafael se creía que lo había engañado desde el principio! ¡La tenía por una víbora de lo más inteligente! Si realmente hubiera sido inteligente, jamás se habría acostado con un playboy sin escrúpulos como Rafael Cruz.

Debía mentir.

No podía contarle la verdad.

Pero tener que mentir sobre la existencia de su hijo se le hacía imposible. Se sentía al borde de las lágrimas. Estaba cansada y emocionalmente exhausta. El día anterior era su adorada pareja y ahora no era más que una cazafortunas que lo había intentando engañar desde el principio.

Aquello era más de lo que Louisa podía soportar.

Louisa tomó aire y lo miró lentamente. Podría vivir sin su amor, podría recubrir de hielo su corazón e ignorar sus sentimientos. Lo había hecho antes.

Pero no podría vivir sabiendo que Rafael no quería a su hijo.

Si trataba al niño o a la niña con frialdad y la pobre criatura crecía sabiendo que no había sido un hijo deseado… No, no podía permitirlo.

Prefería negar su existencia que exponerlo a semejante desgracia.

Rafael le acarició la mejilla, pero seguía mirándola

con rabia. Louisa se sintió de repente atrapada por su cuerpo, se sintió amenazada.

—Sólo necesito saber una cosa —le dijo Rafael en voz baja—. Esa cosa determinará si me he comportado como un idiota al creer que eras la última mujer honrada sobre la faz de la Tierra. Así que dime… ¿estás embarazada, Louisa?

Rafael esperó la respuesta al borde de la locura.

Louisa no lo quería mirar a los ojos.

—¿Podrías querer a mi hijo si lo estuviera? —murmuró.

—No cambies de tema —protestó Rafael—. Contesta a mi pregunta.

—¿No crees que, si me hubiera quedado embarazada de manera accidental, podría no tener nada que ver con el dinero y mucho con… con el…?

—¿Con el amor? —se burló Rafael.

Louisa asintió en silencio.

Rafael se miró en sus enormes ojos y, durante un segundo, sintió la necesidad de consolarla. También se había sentido así momentos antes, cuando Louisa le había revelado que su hermana le había quitado a su anterior novio, su último jefe. Había estado a punto de tomarla entre sus brazos… hasta que se había dado cuenta de que todo aquello podía formar parte de la trampa. Su inocencia, su dolor, su supuesto amor… ¿sería todo una mentira para conseguir que se casara con ella?

—Una mera ama de llaves no se molesta en quedarse embarazada de un hombre rico si no espera algo a cambio —le espetó.

Louisa palideció, pero pronto se recuperó y lo miró con dureza.

–Así que ahora no soy más que una mera ama de llaves, ¿eh? –lo increpó–. ¿Y qué crees que espero a cambio?

Rafael apretó los dientes.

–Casarte conmigo.

–¿Casarme contigo? –repitió Louisa con incredulidad.

–Sabes muy bien que, si estuvieras embarazada, no tendría más remedio que casarme contigo.

Dicho aquello, se quedaron mirando en la penumbra del jardín.

Rafael sentía que el cuerpo le vibraba de tensión y de rabia. Siempre había tenido muy claro que no se iba a dejar atrapar por ninguna mujer. Ya le había sucedido una vez y había tenido suficiente. Cuando tenía diecisiete años, se había enamorado de una mujer mayor que lo había dejado de mala manera para casarse con un hombre mayor y rico. Rafael le había suplicado que se casara con él y ella se había reído del diminuto diamante que le ofrecía como anillo de pedida. Le había dicho que la menguada fortuna de los Cruz no era suficiente para ella, que le gustaba su cuerpo, pero que el dinero era lo más importante en la vida.

En cuanto cumplió los dieciocho, Rafael tuvo muy claro cuál era su misión en la vida: ser millonario. Diez años después, arruinó a aquella mujer, y a su marido, como venganza.

Rafael había decidido que no quería volver a sentirse desesperado por una mujer. Por eso, no quería tener hijos, porque no quería que ninguna mujer tuviera ese poder sobre él. No quería volver a sentirse vulnerable y desvalido.

Jamás.

Mientras miraba a Louisa, se dio cuenta de que Louisa ya tenía mucho poder sobre él. Lo que le faltaba era que estuviera embarazada. Ojalá no fuera así. No podría soportarlo.

No pudo evitar que su mirada se deslizara hasta los labios de Louisa. Incluso mientras dudaba de ella, preguntándose si lo había engañado desde el principio, temiendo que fuera la mejor mentirosa del mundo, seguía queriendo besarla, su cuerpo seguía deseándola.

–Así que, si estuviera embarazada, ¿querrías casarte conmigo? –le preguntó.

Rafael se dio cuenta de que, a pesar de su altivez, Louisa quería casarse con él. Se moría por atraparlo. Era como las demás.

–Jamás consentiría que mi hijo creciera junto a otro hombre, así que sí, me casaría contigo –contestó–. ¿Es eso lo que quieres, Louisa? –le preguntó–. ¿Es eso lo que siempre has querido?

Louisa tomó aire y desvió la mirada hacia el horizonte, hacia el Bósforo y Asia al otro lado. Rafael apretó los puños y siguió observándola. Louisa era así, tan cercana y lejana a la vez. La tenía a su lado, sentía el calor que irradiaba su cuerpo, pero, en realidad, estaba a años luz de allí.

Rafael se dio cuenta de que, realmente, no la conocía.

–¿Serías un buen padre? –murmuró Louisa sin mirarlo–. ¿Querrías a tu hijo?

Rafael entornó los ojos. Aquella noche, Louisa no llevaba gafas y sus enormes ojos resaltaban aún más que otras veces, llevaba el pelo suelto y las puntas se movían sobre la piel cremosa de sus hombros.

Era la mujer más guapa y esquiva que había conocido jamás.

Y la odiaba por ello.

–Me casaría contigo por el bien del niño, pero te haría pagar por haberme obligado a casarme contigo –contestó con sinceridad y dureza.

Dicho aquello, alargó la mano y le apartó un mechón de pelo del rostro. Sintió el escalofrío que aquello le produjo a Louisa. Se inclinó sobre ella y le habló al oído.

–Te haría pagar… pagar… y pagar.

–¿Qué quieres decir? –le preguntó Louisa estremeciéndose de pies a cabeza.

Rafael se incorporó y sonrió con crueldad.

–Te poseería todas las noches hasta quedar saciado –contestó Rafael–. Serías mía y yo nunca sería tuyo.

Louisa lo miró horrorizada.

–¿Pero querrías a tu hijo? –insistió.

Rafael estaba harto de tanta evasiva, así que se sacó el teléfono móvil del bolsillo y marcó un número.

–Con el doctor Vincent, por favor.

–¿Qué haces?

–Como te niegas a decirme si estás embarazada, voy a hacer que mi médico te examine –contestó Rafael con frialdad.

Louisa le arrebató el teléfono y colgó.

–¿Y bien? –la urgió Rafael.

–Eh… –comenzó Louisa mojándose los labios.

Rafael la miraba fijamente. El corazón le latía desbocado, presa de la rabia.

–Yo… –recomenzó Louisa tomando aire–. Yo no

estoy embarazada –añadió cerrando los ojos un segundo.

Rafael exhaló el aire que había estado reteniendo sin darse cuenta.

–¿No?

Louisa lo miró fijamente.

Rafael sintió un inmenso alivio.

¡No se había equivocado con ella! ¡No la había juzgado mal! ¡Podía confiar en ella! ¡No lo había engañado! ¡No había quedado como un idiota!

Al ver el enfado que reflejaba el rostro de Louisa, reconsideró la situación. Si era cierto que nunca le había mentido, si era cierto que era inocente, la acababa de tratar realmente mal.

Rafael la miró arrepentido y se frotó la nuca varias veces. Había dejado que los comentarios de Novros lo hicieran sospechar. Seguramente, el canalla aquél se lo hubiera inventado todo. ¡Lo único que quería era que surgieran dudas entre Rafael y ella para aprovechar la situación y quedarse con Louisa!

Rafael suspiró y se dijo que, después de todo, había quedado como un idiota. Así era. No había marcha atrás.

–Lo siento –se disculpó sonriendo–. Perdóname. Me he dejado llevar… no sé qué me ha sucedido… debería haberme dado cuenta de que puedo confiar en ti… –añadió tendiéndole la mano.

Pero Louisa se apartó.

Rafael apretó los dientes y maldijo tanto su naturaleza desconfiada como a su rival, que había conseguido con tanta facilidad sembrar el odio y la discordia en su propia casa.

–Bueno, señorita Grey, como mi ama de llaves que

sigue siendo, le informo de que se necesitan sus servicios urgentemente en mi casa de Buenos Aires –le dijo en tono jocoso–. Vaya a recoger sus cosas. Acabo de vender esta casa, así que…

–¿Qué has hecho? –se sorprendió Louisa.

–Volará usted a Argentina mañana por la mañana. Yo llegaré en un par de semanas, en cuanto haya puesto en marcha lo de París.

Louisa permaneció en silencio un momento.

–No –contestó con frialdad.

–Por supuesto, cobrará usted el doble –insistió Rafael–. Le subo el sueldo.

–No –ladró Louisa–. No he hecho absolutamente nada para merecerme que me trataras de manera tan humillante –añadió mirándolo a los ojos–. El único error que he cometido fue acostarme con un seductor de pacotilla y despiadado que no tiene corazón.

Rafael apretó los dientes.

–Louisa, yo nunca…

–¡No he terminado! –lo cortó ella en seco–. Llevo un mes preguntándome cómo demonios se me ocurrió acostarme contigo en París y voy y me dejo convencer por ti para irme un fin de semana a Grecia y volví a caer, claro. Llevaba años deseándote y no pude negarme. Durante todos esos años, te disculpe todo, absolutamente todo y me decía que seguro que dentro de ti había algo bueno. He dedicado los últimos cinco años de mi vida a hacerte la vida cómoda y fácil, pero ahora veo cómo eres en realidad. No entiendo cómo me pude enamorar de ti. No eres más que un canalla frío y egoísta.

–Yo nunca te pedí que me quisieras –se defendió Rafael–. Y, además, siempre te he pagado bien…

–Lo que no se va a volver a repetir –lo interrumpió Louisa furiosa–. No pienso volver a aceptar tu dinero. Nunca más.

Rafael tomó aire.

–Louisa, entiendo que estés enfadada –le dijo en tono conciliador–. Admito que me he precipitado, pero compréndeme, después de lo que me habían contado… siento mucho haberte acusado de querer atraparme. Debí haber tenido muy claro desde el principio que tú jamás buscarías quedarte embarazada porque no es lo que ninguno de los dos queremos. Perdóname por ser tan estúpido –le pidió humildemente–. Venga, olvidémonos de todo esto y volvamos a ser como antes. Jefe y empleada.

Louisa negó con la cabeza. Su rostro era una máscara de rabia, disgusto y dolor.

–No pienso volver a trabajar para ti jamás –murmuró–. Que Dios proteja a la mujer que se acerque a ti, Rafael. No quiero volver a verte –añadió elevando el mentón en actitud desafiante–. Lo dejo. Me voy.

Capítulo 6

Dieciséis meses después

La pastelería llevaba llena todo el día. Había comenzado la primavera en Key West y había mucha gente. Fuera hacía sol y el mar estaba turquesa. Un barco acababa de atracar. Louisa tenía la sensación de que había servido a todos los turistas que habían llegado en él.

Mientras limpiaba el mostrador, miró hacia el barco en cuestión, se despidió de la familia de seis miembros que se iba con un buen cargamento de galletas y bollos y se giró hacia el último cliente que había entrado.

—Buenas tardes, perdone por la espera…

Cuando lo vio, se quedó sin habla y se le cayó el trapo de la mano.

Rafael la miró y sonrió.

—Hola, Louisa, ¿qué tal estás?

Louisa se quedó mirándolo estupefacta, sin saber qué decir.

Hacía casi un año y medio que había dejado en Estambul a aquel hombre frío y egoísta que no quería casarse ni tener hijos. Rafael la estaba mirando con aquellos ojos suyos grises, exactamente iguales que los de su hijo, que pronto cumpliría ocho meses, aquel bebé que dormía en la trastienda, aquel niño cuya existencia Rafael desconocía.

Involuntariamente, Louisa se movió hacia la derecha para que Rafael no viera la puerta que daba acceso a la oficina. ¿Qué hacía allí, en Florida? ¿Se habría enterado de la existencia de Noah?

–¿Qué haces aquí? –le preguntó.

–No pareces muy contenta de verme –contestó Rafael sonriendo tímidamente–. Me parece que no has sido tú la que me mandó la carta entonces… tenía esperanzas de que hubieras sido tú…

–¿Qué carta? –quiso saber Louisa.

–Bueno, no fue exactamente una carta… era un folleto de tu pastelería –le explicó Rafael–. Me lo enviaron al despacho de París.

Louisa se estremeció. Sabía perfectamente quién había sido. ¡Maldita Katie!

Louisa sintió que el corazón se le paraba de miedo.

«No tengo por qué sentir miedo», se dijo.

Rafael Cruz ya no era su jefe. Ya no era su amante. Estaban en su pastelería, en la pastelería que había abierto con su hermana. ¡Si quisiera, podría echarlo a la calle!

Louisa se dijo que no tenía ningún poder sobre ella.

Pero sabía que no era cierto.

Pensó entonces en el bebé que dormía en la penumbra de la oficina que había montado en la trastienda de la pastelería.

¿Y si Rafael supiera de su existencia?

Louisa tomó aire y lo miró fijamente. No, no lo sabía. Si lo supiera, no la estaría mirando con aquella expresión amable y abierta. Si lo supiera, habría ido con la artillería.

–¿Qué quieres, Rafael? –le preguntó.

No pensaba volverlo a llamar jamás señor Cruz.

–Echo de menos tus brownies de caramelo –contestó Rafael–. Querría comprar unos cuantos.

–¿No te quedó claro cuando te dije que no quería volver a verte? –le espetó Louisa.

–Sí, me quedó claro, pero, cuando recibí el folleto, me di cuenta de que me apetecía verte –contestó Rafael–. ¿Podríamos ir a hablar a otro sitio?

La sonrisa que le dedicó a continuación habría derretido el corazón de muchas mujeres, pero no el de Louisa.

Ya no.

Tras mirarlo con desprecio, se giró con una radiante sonrisa hacia otro cliente que acababa de entrar en el establecimiento. Rafael esperó con paciencia, algo nada usual en él, a que atendiera a la otra persona. Cuando el hombre hubo salido, Louisa se giró de nuevo hacia Rafael.

–No tengo nada que decirte –anunció con frialdad–. Por favor, márchate.

–Quería verte, Louisa, porque… porque… quería decirte que lo siento.

¿Lo sentía?

–No tienes nada que sentir –le espetó–. Me hiciste un gran favor al decirme todo lo que me dijiste. Dejar de trabajar para ti fue lo mejor que me podía pasar en la vida. Me hiciste un gran favor.

Cuando se había ido de Estambul, había vuelto a Miami y se había enterado de que su hermana se había quedado viuda y vivía en una caravana sin apenas recursos para mantener a su hija de cinco años. Se habían abrazado y habían llorado, se habían reconciliado y volvían a ser una familia.

–¿Ah, sí? ¿Te hice un favor? –se extrañó Rafael.

Louisa asintió con frialdad.

Había invertido sus ahorros en abrir aquella pastelería en Key West, un lugar en el que había estado tiempo atrás y que le había gustado. Era un negocio familiar, pues ambas hermanas trabajaban en él, hasta su sobrinita de cinco años ayudaba en lo que podía, y vivían en el apartamento que había encima del local con sus respectivos hijos.

Louisa tenía una vida perfecta. Tenía una familia, un negocio que iba bien y amigos. Aunque algunas noches tuviera sueños eróticos con Rafael, ¿qué más daba? ¡Estaba mucho mejor sin él!

Rafael la miró. Sus ojos parecían tan profundos y oscuros como el Caribe por la noche. Negó con la cabeza.

—Desde que te fuiste, me he arrepentido de lo que te dije. No debería haberme dejado llevar por la desconfianza —se lamentó.

—Olvídalo —le dijo Louisa.

—No puedo —suspiró Rafael—. Te acusé de querer quedarte embarazada de mí. ¡A ti! ¡Debería haberme dado cuenta de que tú jamás me harías una cosa así!

Louisa escuchó atentamente y oyó el ronquido apagado de su hijo, que dormía a pocos metros. Pronto tendría hambre y se despertaría. Katie había salido a recoger a su hija del colegio, pero estaba a punto de volver para hacerse cargo de la tienda.

La metomentodo de su hermana, por mucho que la quisiera eso era lo que era, se pondría muy contenta de ver a Rafael allí.

Maldición.

—Perdóname —dijo Rafael humildemente—. Siento mucho haberte tratado tan mal.

Louisa oyó que Noah se movía e intuyó que se estaba desperezando ya.

—Te perdono —contestó repentinamente.

—¿Así, sin más?

—Sí, así, sin más —contestó Louisa.

Tenía que conseguir que Rafael se fuera cuanto antes. Tenía que sacarlo del local, así que salió de detrás del mostrador, agarró con unas pinzas unas cuantas porciones de sus famosos brownies y las metió en una bolsa de papel.

—Toma —le dijo—. Te invito y firmamos la paz.

—Gracias —contestó Rafael.

Pero no se fue.

—Tienes una tienda muy bonita —comentó.

—Gracias —contestó Louisa para que se fuera de una vez.

—¿Cómo terminaste aquí, en una isla tan remota?

«¿Remota? Por lo visto, no lo suficiente», pensó Louisa.

—Mi hermana seguía viviendo en Miami con su hija. Su marido murió hace un año.

—Eso he oído.

—Sí, pero estamos bien…

Efectivamente, Matthias Spence, el hombre por el que se habían peleado las hermanas Grey, había muerto de un ataque al corazón cuando las autoridades le habían embargado todos sus bienes y su fortuna al descubrir que había sido el cerebro de un gran fraude que había arruinado a cientos de personas.

—¿Ah, sí? ¿Estáis todos bien? ¿Os va bien?

—Sí —contestó Louisa pensando en el método que iba a elegir para matar a su hermana por haberle mandado la publicidad de la tienda a Rafael.

Katie llevaba un año insistiéndole noche y día para que le contara a Rafael que había sido padre, para que le hablara de Noah, pero, ¿cómo se había atrevido a actuar a sus espaldas?

—Pues me alegro porque te mereces ser feliz —comentó Rafael.

—Gracias.

Lo cierto era que, efectivamente, todo le iba bien, pero a qué precio. Entre cuidar de su hijo y atender la tienda, no dormía más de seis horas diarias. Estaba muy cansada. Sin embargo, Rafael estaba más guapo que nunca. Se notaba que había dormido bien.

—Trabajamos mucho, la verdad —confesó Louisa—. Mi hermana no heredó absolutamente nada de Matthias y tenemos que estar muy pendientes de la pastelería y de los niños.

—¿Niños? —repitió Rafael.

Louisa se mordió la lengua y se enfadó consigo misma por haber cometido semejante error. Antes de que le diera tiempo de inventar una excusa, sonó el móvil situado sobre la puerta que indicaba que había entrado alguien.

—Perdón por el retraso —se disculpó su hermana, que llegaba con su sobrina—. Menuda cola había a la salida del colegio. Hoy nos hemos puesto todos los padres de acuerdo para ir a buscar a los niños al colegio… uy, perdón —se interrumpió al ver a Rafael—. Hola.

Louisa la miró con recelo.

—Mira quién ha venido a verme —le dijo a Katie—. Mi antiguo jefe.

Katie tuvo la caradura de sonreír y alargar el brazo para estrecharle la mano.

–Encantada de conocerlo, señor Cruz.

–Llámame Rafael.

–Rafael.

Louisa hervía de enfado. En ese momento, oyó a Noah quejándose. Miró a Rafael. Milagrosamente, él no lo había oído. Todavía.

–Voy a salir a enseñarle la isla –anunció de repente–. ¿Te apetece?

Rafael la miró sorprendido.

–Sí –contestó sin embargo.

Louisa se desabrochó el delantal.

–Katie, dale de comer al pequeño lo que he dejado en la nevera –le dijo en voz baja–. Ya hablaremos luego.

Su hermana asintió avergonzada.

Louisa colgó el delantal en una percha, se quitó los zuecos de trabajo y se puso unas chanclas y se soltó el pelo y sacudió la melena.

–¿Has visto Key West? –le preguntó a Rafael.

–No –contestó Rafael fijándose en cómo el pelo le caía sobre los hombros y subiendo la mirada por su cuello hasta su boca–. He venido aquí directamente desde el aeropuerto.

–Pues has tenido suerte –sonrió Louisa–. Vamos.

Rafael no podía dejar de mirarla.

Louisa había cambiado mucho en dieciséis meses. Sí, le había cambiado el pelo, el rostro, la ropa, pero había algo más.

Las ocasiones en las que había soñado en el último año y medio, siempre la había visualizado desnuda o ataviada con sus trajes grises, con gafas de pasta negra y con el pelo recogido.

La Louisa de ahora no se parecía en nada al ama de llaves recatada y huraña que él recordaba.

Ahora tenía la piel bronceada, lo que hacía que sus ojos resaltaran y sus labios resultaran atractivos nada más verlos. Ya no llevaba el pelo recogido y se le había aclarado. Había engordado un poco y tenía unas curvas deliciosas.

Rafael la miró y se dio cuenta de lo que había cambiado.

Los colores.

Ahora llevaba una camiseta turquesa y unos pantalones color crema.

Siempre le había parecido guapa cuando trabajaba para él, pero siempre se quedaba en un discreto segundo plano, resultaba casi invisible, siempre había sido la eficiente señorita Grey, con sus gafas negras de pasta y sus zapatos y traje grises.

Sin embargo, en aquella pequeña ciudad a orillas del mar Caribe, vibraba de energía y juventud, brillaba de color y vida.

Rafael no pudo apartar los ojos de ella mientras caminaban hacia la playa. No había ido hasta allí sólo para pedirle perdón sino también para pedirle que aceptara su antiguo trabajo. La había echado de menos. Todas sus casas estaban desorganizadas desde que se había ido. Estaba dispuesto a cuadruplicarle el suelo, a darle dos meses de vacaciones al año, a invitar a su familia de vez en cuando… a lo que hiciera falta con tal de convencerla.

La necesitaba.

No sólo como ama de llaves. También como pareja, amante y amiga.

Cuando había recibido el folleto de la pastelería

por correo, había interpretado que era una señal. Le había dado más de un año para que se le pasara el enfado, así que había viajado hasta Florida muy confiado.

Seguro que Louisa aceptaba su propuesta.

Sin embargo, nada más entrar en la pastelería, había empezado a dudar. Mientras caminaban por la calle, mucha gente la había saludado. Todo el mundo la conocía, desde madres jovencitas con sus críos hasta parejas de ancianos que paseaban de la mano, niños, adolescentes... todos la saludaban con entusiasmo.

Incluso, Rafael apretó los dientes, algunos hombres. Veinteañeros con tablas de surf o treintañeros con coches y relojes caros. Cada vez que uno de ellos le sonreía, paseaba su mirada por su cuerpo y Rafael tenía que hacer un gran esfuerzo para no lanzarle un puñetazo.

Entraron en la playa Mallory y Rafael se dio cuenta de que, aunque había llegado muy seguro de sí mismo, ahora comprendía que no tenía nada que ofrecerle a Louisa que pudiera competir con la vida que se había forjado para sí misma en aquel lugar.

Tenía su tienda, vivía con su hermana y con su sobrina, tenía amigos y, seguramente, tendría pareja...

–Key West –comenzó a contarle Louisa– es el punto más septentrional de Estados Unidos...

Y continuó hablando de la isla como si fuera una guía turística, pero Rafael Cruz no entendía las palabras, sólo tenía oídos para su maravillosa voz, sólo veía el movimiento de sus voluminosos labios. No podía apartar los ojos de ella.

–¿Tienes hambre? –le preguntó Louisa de repente mientras cruzaban la plaza.

Rafael se dio cuenta entonces de que la estaba mirando fijamente y se obligó a apartar la mirada, a no deslizarla por sus mejillas bronceadas por el sol, por su boca sensual, por sus pechos... no debía fijarse en su diminuta cintura ni en la curva de sus caderas, desde donde salían sus interminables piernas...

—¿Qué me dices?

Rafael tragó saliva y se obligó a mirarla a los ojos.

—Sí, me muero de hambre –murmuró.

—Entonces, ven conmigo –contestó Louisa sonriéndole de manera impersonal–. No te vas a ir con el estómago vacío.

Rafael la siguió hasta un puesto de comida ambulante. Louisa pidió lo que le pareció y le entregó algo grasiento envuelto en una servilleta.

—¿Qué es? –quiso saber Rafael.

—Un buñuelo de cangrejo –contestó Louisa–. Pruébalo.

Rafael intentó no quedarse mirándola con cara de tonto mientras Louisa probaba el suyo. Sobre todo, cuando sacó la lengua para evitar que una gota de aceite le resbalara por la barbilla.

Rafael se dio cuenta de que Louisa lo miraba y se llevó la mano al bolsillo para pagar.

—No, invito yo –lo atajó ella–. Es lo mínimo que puedo hacer antes de que te vayas.

Era la segunda vez en poco tiempo que le daba pie a que se fuera cuanto antes. No era para menos después de cómo la había tratado.

—Gracias –contestó–. ¿Nos sentamos?

Louisa negó con la cabeza.

—Prefiero pasear.

—Qué cantidad de gente –comentó Rafael mientras

lo hacían–. ¿Y si vamos por la playa? –propuso para no tener que aguantar que tanta gente saludara a Louisa con una gran sonrisa.

–¿Por la arena? De acuerdo –contestó ella–. Ven, hay un caminito.

Caminaron en silencio. Lo único que se oía era el ruido de la arena bajo sus pies. Rafael sentía el viento cálido en el rostro y miró a Louisa de reojo. La había echado mucho de menos, había soñado con ella y, ahora que la estaba viendo con tan poca ropa, la deseaba.

La deseaba tanto que temblaba.

Louisa comía con apetito y se terminó su buñuelo en poco tiempo, así que se extrañó cuando vio que Rafael todavía no lo había probado.

–¿No te gusta?

Rafael estuvo a punto de contestarle que no, que a él sólo le gustaba la comida de verdad, la gourmet, la que ella le solía preparar en París. ¿Cómo iba Louisa a saber que eso era mentira? ¡La cantidad de veces que Rafael se había alimentado de comida basura cuando había llegado a Nueva York con la idea de hacerse rico!

Menos mal que aquello no había durado mucho. El éxito no había tardado en llegar, pues Rafael había comprendido rápidamente que lo único que hacía falta para que le fuera bien era encanto y confianza en sí mismo y no admitir jamás que no tenía ni idea de lo que estaba haciendo.

Y lo mismo pasaba con las mujeres. Dijeran lo que dijeran, las mujeres no querían hombres vulnerables. La amabilidad era interpretada como una debilidad. Dijesen lo que dijesen, sólo una cosa las atraía: el poder.

Rafael miró a Louisa a los ojos y probó el buñuelo.

—Está bueno —mintió.

La verdad era que apenas tenía hambre.

Sólo quería una cosa.

Tener a Louisa en su cama.

—Ya sé que no es a lo que estás acostumbrado —bromeó Louisa—. No es caviar ni *steak tartare*, ¿eh?

Rafael se terminó el buñuelo, se limpió con la servilleta de papel, se la guardó en el bolsillo del abrigo, se paró en mitad de la playa y se quedó mirándola.

El viento jugaba con el pelo de Louisa. Detrás de ella, se veían palmeras y buganvillas, pero el rosa de las flores no era nada comparado con el de sus mejillas y el de sus labios.

Rafael alargó el brazo y le apartó un mechón de pelo del rostro. Al hacerlo, le rozó la piel con las yemas de los dedos y tuvo la sensación de que se quemaba.

Louisa lo miró. Estaban muy cerca. Por primera vez, Rafael se dio cuenta de que los ojos que tantas veces había mirado y que siempre había creído marrones oscuros eran color almendra y de que tenían cientos de motitas verdes.

—Vuelve conmigo, Louisa —le pidió.

Louisa lo miró a los ojos.

—Te echo de menos —insistió Rafael tomándola de la mano—. Te deseo.

—¿Me echas de menos? ¿Por qué?

Rafael no podía decirle la verdad, no podía decirle lo mucho que la necesitaba. Si se mostraba débil ante ella, jamás conseguiría lo que quería, así que optó por contarle una verdad a medias.

–Mis casas están mal –le dijo sinceramente–. Las amas de llaves que he tenido desde que tú te fuiste han hecho lo que han podido, pero ninguna es como tú. Necesito a alguien que sepa organizarlo todo, que sea inteligente y autoritaria. Te necesito a ti.

Louisa apartó la mirada.

–Quieres que trabaje para ti –comentó–. Por eso me necesitas, porque quieres que vuelva a ser tu ama de llaves.

–Sí –contestó Rafael–. Estoy dispuesto a cuadruplicarte el sueldo y a darte vacaciones siempre que las necesites.

Louisa sonrió.

–Qué generoso –murmuró con amargura–. No me interesaba volver a ser tu ama de llaves.

Rafael apretó los puños. Desde que la había visto en su tienda, disfrutando de atender a sus clientes, a los que recibía con una gran sonrisa, desde que la había visto tan llena de vida, había sabido que le iba a contestar eso.

Pero no lo podía aceptar.

¡No!

–Te pedí perdón por lo que te dije y te lo vuelvo a pedir. Me excedí. ¿No podríamos olvidarlo?

–Claro que sí, ya está olvidado –le aseguró Louisa desviando la mirada hacia unos niños que estaban volando una cometa–. No me pienso ir de Key West, me gusta vivir aquí con mi familia… –le dijo.

–Estoy dispuesto a comprarle un piso a tu hermana en París, cerca de nosotros.

–No, gracias.

¿Por qué se mostraba tan cabezota? ¿De verdad era

por lo mucho que le gustaba aquella isla o porque estaba con otro hombre? No, Rafael no quería pensar en esa posibilidad.

–Te puedo ofrecer mucho dinero –insistió.

–¡No! –le gritó Louisa furiosa–. Nos va bien económicamente. Para que lo sepas, la pastelería va muy bien. Ni quiero ni necesito tu ayuda. Puedo mantener a mi familia yo solita perfectamente –añadió mirándolo con dureza–. Te vas a tener que buscar a otra que te organice la vida –concluyó girándose para irse–. Tengo que volver a la pastelería.

–¡Louisa, espera!

Pero Louisa ya se alejaba, así que Rafael no tuvo más remedio que seguirla. Mientras deshacían el camino que habían recorrido previamente, Rafael iba pensando sin parar. No sabía qué hacer para convencerla de que volviera con él. ¿Qué podía ofrecerle que pudiera competir con la vida que llevaba allí y que tanto parecía gustarle?

–Bueno, ya hemos llegado –anunció Louisa alargándole la mano en la puerta de su pastelería–. Adiós.

Rafael le estrechó la mano. No podía dejarla marchar. Tras estrecharla, en lugar de soltarla, la atrajo hacia sí.

–Vuelve conmigo, Louisa –murmuró buscando sus ojos–. No como mi ama de llaves sino como… mi pareja.

–¿Cómo? –contestó Louisa con la boca abierta.

–Nunca en mi vida he intentado serle fiel a una mujer, pero, desde que tú te has ido, no he podido dejar de pensar en ti. Quiero estar contigo, Louisa. No quiero ser tu jefe sino tu… tu… novio –admitió a duras penas–. No debí permitir que te fueras. En realidad, no

debí obligarte a irte. Eres la única mujer que nunca me
ha mentido, la única que me ha hablado con sinceridad
y que me ha puesto en mi sitio –añadió con una sonrisa–. Te necesito.

Louisa lo miró fijamente.

–¿Qué estás diciendo?

–No te puedo ofrecer matrimonio, pero te prometo
que, mientras estemos juntos... –contestó tomando
aire– te seré fiel.

Dicho aquello, sintió cómo Louisa temblaba entre
sus brazos y sintió una explosión de felicidad, pues sabía que la había convencido.

Así que se inclinó sobre ella y la besó con ternura,
la abrazó con fuerza y siguió besándola hasta que sintió que se rendía, hasta que la oyó suspirar, hasta que
Louisa también lo besó.

Cuando se apartó, se sentía el hombre más feliz del
mundo.

–Entonces, ¿te vienes conmigo? –susurró acarician-
dole la mejilla–. Tengo un avión esperándonos para
llevarnos a Buenos Aires.

–No –contestó Louisa abriendo los ojos como si saliera de un sueño–. ¡Claro que no!

Rafael no se lo podía creer. Estaba acostumbrado
a ser el seductor escurridizo y nunca le había ofrecido
a ninguna mujer lo que le acababa de ofrecer a Louisa.

¡Para que le mandara a freír espárragos!

–¿Por qué? –quiso saber con un nudo en la garganta–. ¿Hay otra persona? –preguntó recordando a
todos aquellos hombres que habían saludado a Louisa
por la calle.

–Sí –contestó Louisa en voz baja–. Hay otra per-

sona, así es, lo siento –añadió retirando la mano y ale-
jándose de él–. Adiós –murmuró.

Y, dicho aquello, se giró y se metió en la pastelería,
dejando a Rafael solo bajo un cielo completamente
despejado.

Capítulo 7

LOUISA sintió que le temblaban las piernas mientras entraba en la pastelería.

Sintió el calor y la luz al entrar, olía a pan recién hecho, oyó la risa de su sobrina de seis años que le hablaba a su bebé, que estaba sentado en su sillita.

Estaba en casa.

Sana y salva.

Se había librado de Rafael, había antepuesto los intereses de su hijo, que era lo más importante que había en su vida en aquellos momentos.

Entonces, ¿por qué no se sentía bien? ¿Por qué sentía el corazón roto? Tuvo que hacer un gran esfuerzo para que no se le saltaran las lágrimas.

Al bajar la mirada hacia el suelo para disimular su dolor, pensó que no le vendría mal que le pasara la fregona y se dispuso a hacerlo.

Intentó dejar de pensar en el padre de su hijo. Llevaba más de un año intentándolo. Debía concentrarse en su tienda, en su hijo y en lo que tenía que hacer aquel día, lo que fuera menos en el hombre al que acababa de rechazar...

«No te puedo ofrecer matrimonio, pero te prometo que, mientras estemos juntos, te seré fiel».

–¿Qué tal el paseo? ¿Os lo habéis pasado bien? –le preguntó Katie inocentemente–. No esperaba que volvieras tan pronto.

–Ya…

–La verdad es que me alegro de que no hayas tardado mucho porque, en tu ausencia, he tenido cierto agobio. Había mucha gente y no podía con todo –confesó su hermana–. Hace un minuto había cinco personas, todas querían un montón de cosas, Noah se ha puesto a llorar y yo ya no sabía qué hacer…

Louisa la miró.

–Fuiste tú quien mandó la carta, ¿verdad? –le preguntó–. Has sido tú la que lo ha hecho venir.

Katie asintió.

–¿Por qué lo has hecho? –quiso saber tomando a Noah en brazos y colocándoselo a la cadera–. ¿Por qué me quieres hacer daño? ¿Quieres que me quite al niño? ¿Tanto me odias?

–¡No! –exclamó Katie horrorizada–. Hace unos años, te quité al hombre que querías y lo que estoy intentando hacer es compensarte por ello –añadió tragando saliva.

Louisa la miró sorprendida.

–Me siento muy mal por lo que te hice –se disculpó Katie–. Creía que amaba a Matthias y que tú, no, pero me equivoqué. Siento mucho haberme acostado con él y debería haberme dado cuenta de que una persona que traiciona una vez… traiciona siempre… –añadió con amargura–. Tú siempre te has preocupado por mí, siempre me has cuidado –añadió llorando–. Nunca me perdonaré el haberte quitado a Matthias.

Matthias.

La verdad era que Louisa Grey se acordaba de él. ¿Cómo había llegado a convencerse de que lo amaba cuando apenas lo conocía?

A diferencia de Rafael, a quien conocía muy bien.

Sabía que tocaba el piano por las noches cuando se sentía solo, que se podía comer cinco brownies de caramelo antes de cenar, que le gustaba el olor de las rosas en primavera, que cenaba a las tres de la madrugada y se despertaba tres horas después para desayunar y leer la prensa.

Y también sabía que echaba a la gente de su vida sin miramientos para no sufrir desengaños.

—No te equivocabas —declaró—. Nunca estuve verdaderamente enamorada de Matthias, pero de Rafael…

—Se lo tienes que decir —le aconsejó Katie—. Debe saberlo.

—Es demasiado tarde.

—Nunca es demasiado tarde —murmuró su hermana—. Tengo que hacer algo para que me perdones… —se lamentó.

—¿Qué te pasa, mamá? ¿Por qué lloras? —le preguntó su hija.

Hacía dos años que había fallecido su padre y apenas se acordaba de él.

—No me pasa nada, cariño —la tranquilizó Katie limpiándose las lágrimas e intentando dibujar una sonrisa.

Pero Louisa pensó que pasaban muchas cosas.

Ellas habían tenido una infancia muy feliz en el norte de Florida. Su padre y su madre las habían querido mucho. Luego, un día, su madre murió después de soportar una larga y penosa enfermedad y su padre la había seguido seis meses después, incapaz de vivir sin ella.

Ellas habían perdido a sus padres, su sobrina había perdido al suyo y nadie era responsable de aquellas pérdidas, pero ella estaba eligiendo deliberadamente privar a su hijo de la presencia paterna en su vida.

Aunque intentó recordarse por qué se veía obligada

a obrar así, el dolor era insoportable. Louisa miró a su hijo y se preguntó si se habría equivocado.

–¿Podrás perdonarme algún día? –le preguntó su hermana.

Louisa le pasó el brazo a su hermana por los hombros y la estrechó contra sí.

–No te tengo nada que perdonar.

–Te quiero –murmuró Katie–. Quiero que seas feliz. Haz lo correcto. Dale un padre a tu hijo mientras todavía estás a tiempo.

–No puedo decírselo –contestó Louisa apartándose con un nudo en la garganta–. No sabes cómo se pondría. Se enfurecería. A lo mejor incluso intentaría quitarme a Noah…

–¡Claro que no!

–Tú no estabas allí el año pasado cuando me amenazó con obligarme a que me casara con él y con convertir mi vida en un infierno. Si supiera que he tenido un hijo suyo… –dijo mirando a Noah.

A sus ocho meses, su hijo era un bebé gordito y feliz. Excepto por el pelo oscuro y los ojos grisáceos, no se parecía en nada a su padre.

–Te dijera lo que te dijese, lo hizo dejándose llevar por el enfado. Seguro que no te quitaría a Noah porque eres una buena madre.

–No lo entiendes –contestó Louisa con lágrimas en los ojos–. Si Rafael se enterara de que he tenido un hijo suyo, me destruiría.

Acababa de decirlo cuando oyó horrorizada el tintineo de la campanilla que había sobre la puerta. Louisa se quedó helada. Al girarse con Noah en brazos vio que era Rafael. Había vuelto por los brownies que se había dejado sobre la encimera.

Por la cara con la que los estaba mirando, Louisa comprendió que se había enterado de todo.

–Rafael, te lo puedo explicar…

Rafael no dejaba de mirar al bebé.

–¿Quién es este niño?

–Rafael, este niño… este niño es… te lo iba a…

Rafael entornó los ojos, echó los hombros hacia atrás y se aproximó. Louisa tuvo que hacer un gran esfuerzo para no dar un paso atrás.

–¿Es mío?

A Louisa se le pasó por la cabeza mentirle, decirle que era hijo de su hermana, pero, cuando se miró en sus fríos ojos, comprendió que tenía que afrontar la verdad.

–Contesta a mi pregunta –le ordenó Rafael–. ¿Quién es este niño? –repitió.

–Es… mi hijo –contestó Louisa.

–¿Y quién es el padre? –le preguntó Rafael acercándose peligrosamente.

Louisa quería mentir, pero no podía.

–¿Es mi hijo? –insistió Rafael.

Louisa cerró los ojos y tomó aire.

–Sí –murmuró.

Aquella sencilla palabra, sí, estuvo a punto de derribar a Rafael al suelo como si le hubiera alcanzado un disparo.

Había sabido la verdad desde que había visto al niño en brazos de Louisa, pero, al oír de su boca que lo admitía, sintió que un intenso sudor frío le recorría todo el cuerpo.

Había tenido un hijo suyo.

Y no se lo había dicho.

Por su culpa, no había podido atenderlo. Era como si lo hubiera abandonado.

Rafael apretó los puños y la miró. En ese momento, entró en la pastelería un nutrido y alegre grupo de turistas.

Rafael abrió la boca para discutir, pero Louisa lo agarró y tiró de él escaleras arriba. Al llegar a la segunda planta, Rafael miró a su alrededor. Estaban en el pequeño piso situado sobre la pastelería. Allí era donde vivían.

Se trataba de un hogar muy femenino.

Louisa volvió a tirar de él, lo condujo a su dormitorio y cerró la puerta.

–Por favor, entiéndeme –le dijo desesperada–. ¡No me dejaste otra opción!

Rafael siguió mirando a su alrededor. En aquella habitación, sólo había una cama individual y una cuna y un cambiador. La cama estaba cubierta por una colcha hecha a mano y sobre la cuna había un cuadro con una jirafa y otro en el que se leía N-O-A-H.

No había ningún lujo. La casa no era ningún palacio, desde luego, pero era acogedora, luminosa y estaba impecable.

Louisa le había negado todo el calor que irradiaban aquellas paredes y lo que habían vivido dentro de ellas. Lo había dejado fuera de todo ello. Le había ocultado la verdad. Le había ocultado a su hijo.

La rabia de la venganza se apoderó de él.

–Rafael, por favor. Háblame.

Rafael se giró lentamente hacia ella. Siempre había creído que era diferente a las demás mujeres, la había tenido por una mujer inteligente, con una mente brillante y una dignidad que pocas personas tenían.

Durante los años en los que había trabajado para él, siempre había querido verla al llegar a casa. Llegaba de una cita y quería que lo estuviera esperando en la cocina con un caldo caliente para desearle buenas noches. Se había acostumbrado a ello, a contarle las anécdotas de la velada, que muchas veces incluía el corazón roto de alguna otra mujer.

–Mira que las trata mal –le había dicho en más de una ocasión.

–Yo nunca hago promesas –solía defenderse él–. A todas les digo la verdad, que nuestra relación no será jamás duradera porque no soy hombre de matrimonio.

–Sí, eso es lo que les dice, pero sus ojos hablan de otras cosas. Lo he visto. Mira a las mujeres, a todas, como si ella y sólo ella fuera la elegida, la que vaya a conseguir convertirlo en un hombre fiel.

Rafael exhaló. Por supuesto, tenía razón. Louisa nunca se había creído sus mentiras. Ni siquiera las que decía sin darse cuenta. Se había convertido en una persona indispensable en su vida. Única.

Y ahora esto.

La crueldad de su venganza lo había dejado sin aliento.

¿Habría sido siempre una mentirosa o se habría convertido en una mentirosa por su culpa? ¡No! No pensaba cargar con la culpa de su delito. No pensaba darle ni la más mínima excusa para lo que había hecho.

¡Él no había hecho nada!

Llevaba meses sintiéndose fatal, pensando que la había tratado muy mal, pero durante todo aquel tiempo había sido ella la que lo había estado engañando.

Le había robado a su hijo.

Si no hubiera sido por la carta anónima, su hijo habría crecido creyendo que su padre lo había abandonado.

Rafael apretó los dientes. Una vez había creído que Louisa era una cazafortunas. Ojalá hubiera sido así. Por lo menos, si hubiera sido una cazafortunas, se habría puesto en contacto con él para pedirle dinero, pero Louisa Grey era mucho peor, era una mujer fría y vengativa.

Rafael miró al bebé. ¿Qué tipo de mujer y de madre mantenía en secreto la existencia de un niño a su propio padre?

—¿Cómo se llama?

Louisa lo miró implorante.

—Me dijiste que no querías hijos —le recordó—. Me dijiste que…

—¿Es ésa tu excusa? Te recuerdo que también te dije que, si estabas embarazada, me casaría contigo —le espetó.

—¡Pero yo no me quería casar contigo!

Rafael negó con la cabeza.

—No, no quisiste, claro que no, tú lo que querías era vengarte de mí por cómo te había tratado y sabías que esto era lo que más daño me haría en el mundo.

—¡Eso no es verdad! ¡Me dejaste muy claro que no querías casarte ni tener hijos! ¿Te crees que me apetecía compartir a mi querido bebé con un hombre que no lo quería?

—Eso lo tendría que haber decidido yo.

Louisa tomó aire y se cambió a Noah de cadera.

Sin previo aviso, Rafael se lo arrebató. Louisa tuvo que hacer un gran esfuerzo para no arrebatárselo a él. Al ver que no lo iba a hacer, miró al niño.

–Mi hijo –murmuró–. Eres mi hijo.

–Se llama Noah, como mi padre –le dijo Louisa–. Noah Grey.

Mientras sostenía al niño con ternura, la miró a los ojos.

–¿Grey? ¿Ni siquiera le has puesto mi apellido?

Louisa negó con la cabeza.

–Me mentiste, Louisa –murmuró Rafael–. Mientes muy bien –añadió viéndola temblar–. Y pensar que me dijiste que me querías –ladró–. ¡Mira cómo me lo demuestras!

–Te quería –le aseguró Louisa–. Y he sufrido mucho por ello.

Rafael la miró con los ojos entornados.

–¿Por eso me mentiste cuando te pregunté si estabas tomando la píldora, porque creías que estabas enamorada de mí?

–¡No te mentí!

–¿Ah, no? ¿Y, entonces, cómo te quedaste embarazada?

–Estaba tomando la píldora, tal y como te dije en París –le contestó–. Todo fue porque tomé pescado en mal estado y estuve vomitando varios días. Nunca me imaginé que por eso la píldora iba a dejar de hacer efecto. Claro que nunca presté demasiada atención a los efectos anticonceptivos del tratamiento. ¡La verdad es que no esperaba que me sedujeras!

Rafael se quedó en silencio y miró por la ventana. El cielo estaba despejado, pero se veían unas cuantas nubes en el horizonte, sobre el mar color turquesa.

–Quizás digas la verdad –recapacitó–. Si hubieras querido mi dinero, habrías aceptado casarte conmigo. Supongo que te quedaste embarazada sin buscarlo,

pero me has estado mintiendo durante un año y medio
–le recriminó.

–¡Eso no es justo! –gritó Louisa–. Me dijiste que
no querías tener hijos. ¡Si te hubiera dicho que estaba
embarazada, me habrías dicho que era una cazafortunas que lo único que quería era atraparte!

–Eres un diablo. Tergiversas mis propias palabras
para justificar lo que has hecho –arremetió Rafael
riéndose de repente–. Eres la mujer más fría y despia-
dada que conozco, que es mucho decir, te lo aseguro.

–¡Yo no soy así!

–Tuviste la poca vergüenza de decirme mirándome
a la cara que no estabas embarazada –le recordó Rafael–. ¿Cuándo me ibas a contar la verdad, Louisa,
cuando Noah hubiera crecido? ¿O quizás le habrías
castigado también a él y no le hubieras hablado de mí
hasta después de mi muerte?

Louisa palideció.

–Jamás habría hecho eso.

–Ya lo has hecho.

Rafael sintió que un intenso dolor le sacudía el
cuerpo. Louisa le había hecho mucho daño, el peor
que le podía hacer. Y pensar que media hora antes estaban paseando por la playa y le había ofrecido volver
a ser pareja, pensar que le había ofrecido su corazón…

Rafael se sacudió la humillación y la rabia y, de repente, se giró.

–¿Adónde vas? –le gritó Louisa.

–Me llevo a mi hijo a casa.

–¡No! –chilló corriendo hacia la puerta y cerrán-
dole el paso–. ¡No me puedes quitar a mi hijo! ¡No
puedes!

–Vamos a pactar –propuso Rafael viéndola tranquilizarse–. Tú has tenido a Noah ocho meses. Ahora me toca a mí. Yo también quiero tenerlo ocho meses –añadió viéndola palidecer de nuevo–. Me lo llevo. Mis abogados se pondrán en contacto contigo en Navidad.

–¡No! –gritó Louisa tirándolo del brazo–. ¡No puedes apartarlo de mí! ¡Soy su madre!

–¿Ah, no? –contestó Rafael con frialdad–. Pues eso es exactamente lo que tú me has hecho a mí. Tú has pasado ocho meses con él. Lo justo es que yo pueda hacer lo mismo, ¿no te parece? –añadió en tono burlón.

–No –contestó Louisa llorando–. Por favor. Si te lo llevas, me muero.

Rafael la miró.

Aunque pareciera mentira, a pesar de tener la nariz roja y los ojos hinchados de llorar, estaba guapa y la deseaba.

Aquello lo enfureció todavía más.

El bebé comenzó a llorar y su llanto se mezcló con el de su madre. Rafael intentó consolarlo, pero no pudo. No tenía experiencia con bebés y no podía consolar a su propio hijo. No conocía a Noah. La crudeza de la verdad lo zarandeó con fuerza e hizo que se lo entregara a Louisa con cuidado.

–Noah, oh, Noah –dijo Louisa tomando a su hijo en brazos y llorando con más intensidad mientras lo cubría de besos–. Mi niño, mi niño…

Rafael se quedó mirando y tomó aire.

–Muy bien –dijo con los dientes apretados–, no os voy a separar.

–Gracias –murmuró Louisa.

Rafael la miró con frialdad.

–Lo hago por el bien de mi hijo, no por el tuyo.

Louisa acunaba a su hijo en brazos entre sollozos.

Mientras miraba a su alrededor de nuevo, Rafael pensó que era una buena madre, pero no era una mujer en la que se pudiera confiar, pero eso no impedía que la deseara.

Le había dicho que había otra persona.

¿Quién sería? ¿Con cuántos hombres se habría acostado Louisa en el último año y medio, mientras él se retorcía de remordimientos por haberla tratado tan mal cuando era evidente que era sincera y casta?

Louisa Grey era la única mujer a la que no había podido poseer completamente.

Quería castigarla.

Quería tenerla y deshacerse de ella, como hacía con las demás, cuando ya no le sirviera.

Entonces, se le ocurrió una idea perfecta y cruel.

Sí, sería una buena venganza.

Rafael sonrió y se acercó a ella.

–Sólo te voy a poner una condición –le dijo.

–Lo que sea, pero no me quites a mi hijo.

Rafael se inclinó sobre ella y se apoderó de su boca. La sintió estremecerse, suspirar y rendirse. Cuando se apartaron, vio el brillo de sus ojos y sonrió encantado.

Louisa creía que se había salido con la suya, pero iba a pagar por lo que había hecho. Rafael era un artista de la seducción y pronto su posesión sobre Louisa sería completa.

–Serás completamente mía –le dijo acariciándole la mejilla–. Te vas a casar conmigo, Louisa.

Capítulo 8

BIENVENIDA a Buenos Aires, señora Cruz. Mientras el portero la saludaba, Louisa se preguntó cómo era posible que ya supiera lo de su boda. Los guardaespaldas la escoltaron hasta el vestíbulo de entrada del rascacielos Belle Époque, situado en el exclusivo barrio de Recoleta. En dos segundos lo habían cruzado y estaban en el ascensor.

Aquellos hombres, todos altos y fuertes, se colocaron en círculo alrededor de ella. Louisa se sentía pequeña a su lado y estrechó a su hijo, nerviosa, contra su pecho. Lo peor era que el más alto y fuerte de ellos era Rafael, su marido.

Cuando se había despertado aquella mañana en Key West, no se le había pasado por la imaginación que iba a terminar el día volando a Buenos Aires como esposa de un hombre que la odiaba.

La había besado de manera tan convincente que había creído que la había perdonado, pero, cuando se había apartado, Louisa había visto la frialdad de sus ojos y había comprendido que no era así.

En un abrir y cerrar de ojos, pocos minutos después de haberle ordenado que se casara con él, estaban en el registro. Rafael había convencido al funcionario que estaba de guardia que Louisa no era residente en Florida y que, por tanto, no tenían que esperar tres días para poder casarse. Conclusión: antes de irse de Key West ya estaban casados legalmente.

Rafael se había pasado todo el vuelo hasta Buenos Aires trabajando, ignorándola por completo. Y ahora, en el ascensor, la estaba mirando con maldad. ¿Qué le tendría preparado?

«Te haría pagar por haberme obligado a casarme contigo. Te haría pagar… pagar… y pagar».

Por lo menos, tenía a su hijo con ella. Eso era lo único que importaba. Cuando Rafael había amenazado con quitárselo, se había asustado tanto que había comprendido que estaba dispuesta a hacer lo que fuera necesario, cualquier cosa, para que no la separara del pequeño.

Por eso, se había despedido de su hermana y de su sobrina y les había dicho que se iba con Rafael. Katie se había puesto muy contenta.

–Nos apañaremos mientras estés fuera –le había dicho–. ¡Pásatelo bien!

Si supiera la verdad, si supiera que Louisa temía que Rafael jamás los dejara volver a su hogar de Key West.

El ascensor llegó al último piso y Rafael abrió unas puertas dobles.

–Bienvenida a casa –le dijo con ironía.

–¿Casa? –contestó Louisa mirando a su alrededor.

El piso era antiguo y necesitaba una buena reforma y una buena limpieza. Los muebles, que estaban cubiertos con sábanas blancas, conferían al lugar una apariencia fantasmal. A pesar del miedo y del enfado, Louisa no pudo evitar verlo con ojos profesionales.

A pesar de lo mal cuidado que estaba, tenía encanto, pues disponía de techos muy altos y de unas vistas espectaculares. Un rápido vistazo le bastó para saber cómo remodelaría aquella casa para convertirla en un hogar.

–Esto está hecho un asco –murmuró.

–No suelo pasar mucho tiempo aquí –contestó Rafael encogiéndose de hombros.

Louisa lo miró de reojo.

–Podría dejarlo muy bien.

–No te molestes –le dijo Rafael–. No vamos a estar aquí demasiado.

Louisa se estremeció. Ahora que era su mujer y que tenían un hijo, tenía más poder sobre ella que nunca. Se había pasado cinco años obedeciéndolo y haciéndola la vida fácil. Cualquiera podría pensar que le resultaría fácil volver a hacerlo, pero, después de su vida en Key West, Louisa tenía su propia forma de ver las cosas y no dudaba en hablar en voz alta.

–Esta casa podría quedar preciosa –insistió.

–No te enamores de ella –contestó Rafael–. Vamos a estar sólo unos días –añadió abriendo una puerta–. Tú vas a dormir aquí.

Louisa se fijó en que el dormitorio en cuestión estaba perfecto. Habían colocado una cuna junto a la cama. Aquello sorprendió a Louisa. Después de todo, Rafael no era tan mala persona…

–Gracias por dejarme dormir con Noah. Te prometo que puedes confiar en mí. No me lo voy a llevar a ningún sitio sin tu permiso.

–Ya lo sé –contestó Rafael–. No te lo vas a llevar a ningún sitio porque vamos a dormir en la misma cama.

Louisa miró el mueble en cuestión. Se trataba de una cama enorme. No quería ni imaginarse lo que Rafael querría hacerle en ella. Creía estar dispuesta a hacer lo que fuera por estar con su hijo, pero aquello... entregarse a un hombre que la odiaba, que lo único que quería era vengarse de ella por haberle ocultado la existencia de su hijo...

Louisa se estremeció al recordar la última vez que se habían acostado. Había sido en Grecia, en aquella isla. Qué feliz era entonces. Rafael la había tratado como a una princesa y le había dado tanto placer...

Si le volvía a entregar su cuerpo, ¿cuánto tiempo pasaría antes de que fuera también el dueño de su alma? Cualquier mujer que se enamoraba de Rafael Cruz, terminaba destrozada por ese amor porque él no tenía amor para dar. Él lo único que ofrecía era sexo, nada de amor, tenía el corazón de hielo.

Y más valía no creer que te tenía afecto, que se preocupaba por ti. Entonces era cuando resultaba más peligroso.

—No pienso acostarme contigo —le dijo Louisa echando los hombros hacia atrás.

—¿Cómo que no? —contestó Rafael—. Eres mi mujer.

Louisa se mojó los labios.

—¡El hecho de que estemos legalmente casados no quiere decir que sea de tu propiedad!

—¿Ah, no?

Rafael se acercó y Louisa creyó que la iba a besar, pero Noah empezó a llorar y se apartó.

—Ocúpate de mi hijo —le ordenó—. Cuando hayas terminado, ven a verme.

Una vez a solas, Louisa dio de comer a su hijo. Cuando vio que se había dormido, lo acostó en la cuna y salió del dormitorio. Ahogó un grito de sorpresa cuando vio a Rafael esperándola al final del pasillo, en penumbra.

Rafael se acercó a ella sin dejar de mirarla a los ojos y le puso las manos en los hombros. Louisa se estremeció. ¿Cuánto tiempo iba a poder resistirse a él? Que Dios la protegiera si algún día volvía a ser el hombre encantador y seductor de antes, que Dios la ayudara si Rafael quería volver a hacerle el amor.

–Ven –le dijo.

Tomándola de la mano la condujo por el pasillo hasta el comedor, donde habían servido la cena. En cuanto los vieron entrar, los sirvientes y los guardaespaldas se retiraron.

Louisa estaba sola con Rafael. La única persona que había en la casa aparte de ellos era su hijo, que dormía. Mientras miraba la vista que había desde los ventanales, Rafael abrió una botella de vino tinto argentino y sirvió dos copas.

Aquel gesto debería haber resultado íntimo, pero, en aquel ático abandonado, resultaba frío. La comida estaba deliciosa, pero aquella casa no era un hogar. Era un lugar muerto. Parecía una cárcel.

Sí, estaba en una cárcel y Rafael era su carcelero.

Louisa pensó en la casita que tenía en Key West, en la luz del atardecer que se filtraba desde la playa, en el sonido del mar y en la risa de su sobrina y sintió un nudo en la garganta que hizo que se le cayera el tenedor.

–¿No te gustan las empanadas? –le preguntó Rafael.

–Sí, están deliciosas, pero no me siento en casa –murmuró Louisa.

–Sigues siendo un ama de llaves, ¿eh? –se burló Rafael.

Louisa elevó el mentón.

—Prefiero cocinar yo, prefiero ocuparme yo de mi familia.

—Limítate a ocuparte de Noah. Con eso es suficiente. No vamos a estar aquí mucho tiempo –le dijo–. Lo justo para que cierre un negocio. Luego, nos volveremos a París, querida.

París.

Los recuerdos se apoderaron de Louisa. Allí había sido donde se había entregado por primera vez al seductor de su jefe, donde había creído que, tarde o temprano, le abriría su alma a ella.

¡Allí no podría evitar volver a enamorarse de él!

Rafael tenía mucho poder sexual sobre ella, pero no pensaba permitir que se apoderara de su alma.

—No puedo limitarme a vivir contigo –le dijo tomando aire–. Me he casado contigo y me he venido a Buenos Aires porque no me has dejado otra opción, pero supongo que sabrás que esto no tiene futuro. Deja que me ocupe del trabajo del ama de llaves. Es obvio que no me quieres como esposa.

—¿Y tú? ¿Me quieres a mí como marido? –se burló Rafael.

Louisa tragó saliva e intentó no pensar en los ridículos sueños que se le habían pasado por la cabeza cuando se había enterado de que estaba embarazada, cuando se había imaginado que Rafael se enamoraba de ella, cuando se lo había imaginado convirtiéndose en un buen padre y en un buen marido.

Louisa negó con la cabeza.

¡No debía pensar en eso!

—Me iba bien a mí sola. Noah y yo éramos felices en Key West.

–Pues lo siento mucho –le espetó Rafael probando el vino–. No vais a volver allí jamás.

Louisa temía que dijera algo así, pero elevó el mentón en actitud desafiante.

–Por supuesto que vamos a volver. Tengo un negocio allí y una familia que me necesitan.

–Considera que la pastelería ahora es de tu hermana. Como si se la hubieras regalado. Ahora es suya.

Louisa lo miró entornando los ojos.

–Estás loco si te crees que voy a abandonar ese negocio que tanto me ha costado montar, en el que he invertido todos mis ahorros, el dinero que fui ahorrando durante los cinco años que estuve trabajando para ti –le advirtió.

–Sí, supongo que sería una horrible tortura para ti, peor que la muerte –contestó Rafael dándole otro trago al vino–, pero seguro que a tu hermana y a tu sobrina les va muy bien con la pastelería. Tendrán suficiente dinero. Eso es lo que quieres, ¿no?

Louisa apretó los dientes.

–Pues claro que quiero que tengan dinero y que les vaya bien, pero quiero estar presente. He pasado muchos años sin ellas, demasiado –le explicó con calma–. Florida es mi hogar, no me puedes apartar del lugar donde he hecho amigos…

–Ya –contestó Rafael en tono sarcástico–. Ya vi a esos amigos de los que hablas. ¿Por qué no admites la verdad? ¿Por qué no confiesas por qué estás tan desesperada por volver?

–¿Porque odio estar contigo quizás?

Rafael ni se inmutó.

–¿Quién es él? –le preguntó con frialdad.

–¿Quién?

–El hombre con el que sales. Bueno, digo hombre, pero podrían ser varios, claro. Ya sé que yo fui el primero con el que te acostaste, pero seguro que no esperaste mucho para encontrar a un segundo, ¿eh? –le espetó–. Confiesa, Louisa, ¿a cuántos invitaste a tu cama estando embarazada de mi hijo?

Louisa lo miró con asco, se puso en pie y alzó la mano, pero Rafael la agarró de las muñecas. Tenía más fuerza que ella, así que no se podía apartar. Rafael la estaba mirando furioso. Louisa oía su propia respiración y oía el martilleo de su corazón.

De repente, sintió la electricidad en el ambiente y, en un abrir y cerrar de ojos, Rafael se había inclinado sobre ella y se había apoderado de sus labios.

Louisa intentó resistirse, intentó apartarlo porque le estaba haciendo daño.

Rafael comenzó a besarla más tiernamente entonces. En lugar de sujetarla, comenzó a acariciarla de manera seductora, muy seductora…

La camiseta y los pantalones cortos de Louisa no tardaron en desaparecer como si se los hubiera llevado la brisa.

Los labios de Rafael seguían besándola de manera tan tierna y cariñosa que no se podía resistir. Cuando la tomó en brazos para llevarla a uno de los sofás que había cerca cubierto con una sábana blanca, Louisa le pasó los brazos por el cuello.

Y en aquel sofá le hizo el amor con tanta ternura que Louisa terminó llorando.

Más tarde, mientras Rafael yacía dormido entre sus brazos, Louisa se quedó mirando la ciudad y recordó la primera noche que habían pasado juntos.

París.

Aquella noche se había confesado a sí misma que estaba enamorada de él.

Ahora, mientras escuchaba y sentía su respiración acompasada, se dio cuenta de que seguía estándolo.

Llevaba años amándolo en secreto y los dieciséis meses que habían estado sin verse, durante los cuales había intentado convencerse una y otra vez de que no lo amaba no habían servido de nada.

Seguía enamorada de él.

Por cómo la había acariciado... ¿sería posible que él también la amara?

«No, él es así, es su manera natural de hacer las cosas. Su cuerpo promete mucho, pero su alma no está abierta a dar», se dijo.

Aun así...

Tenían un hijo. ¿Existiría alguna posibilidad de que consiguiera llegar al corazón de Rafael, de que lo ayudara a sentirse completo, a entregarse y, así, poder formar con él la familia que ella tanto anhelaba?

En aquel momento, oyó llorar a Noah, así que se levantó con cuidado y sin hacer ruido para no despertar a Rafael. Se vistió para ir a dar de comer al pequeño y se quedó con él hasta que se volvió a quedar dormido.

Volvió al salón llena de sueños, con el corazón henchido de felicidad y lleno de planes y esperanzas. Seguro que podía ayudar a Rafael a convertirse en el hombre que ella necesitaba, el hombre al que amaba, el hombre que ella estaba convencida que había nacido para ser.

Lo que más le apetecía en el mundo en aquellos momentos era dormir entre sus brazos.

Pero, cuando entró en el salón, se quedó helada al ver que el sofá estaba vacío.

Rafael apareció por detrás de ella enfundado en un albornoz blanco. Claramente, se acababa de duchar.

—Me lo he pasado muy bien —comentó con frialdad—. A lo mejor, después de todo, me gusta esto de estar casado.

Louisa ladeó la cabeza.

—¿De verdad? —le preguntó esperanzada.

Rafael sonrió.

—Claro que sí. Te tengo en mi cama, a mi servicio y, por lo visto, quieres cocinar y limpiar cuando no me estás satisfaciendo en la cama. Me ahorro mucho dinero, pues no tengo que pagarte por nada. Eres… la esposa que todos querrían tener —concluyó acariciándole la mejilla.

Louisa tragó saliva y lo miró a los ojos.

—¿Por qué quieres hacerme daño?

—Te dije que iba a disfrutar de nuestro matrimonio y que tú… no —le contestó apartando la mano y acercándose peligrosamente—. Nada ha cambiado —murmuró—. Te vas a arrepentir de haberme robado a mi hijo.

Louisa sintió un agudo dolor. Así que aquella noche no había sido más que venganza por parte de Rafael. Y ella creyendo, soñando, con que pudiera ser el principio de algo bonito y verdadero… la dulce promesa del perdón y una nueva vida en la que educarían a su hijo juntos.

La había vuelto a engañar.

¡La había castigado con su ternura y con su sensualidad!

Louisa tuvo claro de repente el daño que podía hacerle aquel hombre al que amaba, el hombre al que había creído conocer bien.

«No te puedo ofrecer matrimonio, pero te prometo que, mientras estemos juntos… te seré fiel».

Louisa tomó aire sorprendida. Cuando le había dicho aquello, Rafael la tenía en gran estima. Seguro que seguía sintiendo lo mismo por ella, pero la rabia hablaba por él y lo llevaba a querer hacerla daño.

Claro que ella no se iba a dejar. No iba a permitir que Rafael destruyera las posibilidades que tenían de ser una familia. Ya encontraría la manera de abrirse paso entre aquella rabia suya y conseguir que la perdonara.

Era la única esperanza para ellos…

Louisa lo miró. Era obvio que Rafael esperaba que se disgustara, que gritara, que llorara, pero Louisa se limitó a tomar aire.

—Lo siento —le dijo.

—¿Cómo? ¿Te crees que eso es suficiente? ¿Te crees que basta con que me pidas perdón? ¡Me robaste a mi hijo!

Louisa asintió.

—En el momento en el que tomé la decisión que tomé, creía que no tenía otra opción —contestó sencillamente—. Si te hubiera dicho en Estambul que estaba embarazada, me habrías acusado de ser una cazafortunas y me habrías castigado. Así que decidí ocuparme de nuestro hijo yo sola, sin tu ayuda y lo que he conseguido es que me acuses de buscar venganza y que me castigues igualmente —añadió levantando la mirada hacia él—. ¿Te has dado cuenta de que eres un hombre imposible, de que es muy difícil tenerte contento? ¿Te has parado a pensar que puede que el problema seas tú?

Rafael se quedó mirándola fijamente.

–¿Estás de broma? –aulló.

Louisa se cruzó de brazos.

Deseó llevar algo más de ropa aparte de los pantalones cortos y la camiseta, ojalá llevara uno de sus trajes grises de trabajo que usaba antes, pero no podía ser, iba a tener que hacerlo tal y como estaba.

–Te sigo queriendo, Rafael –declaró en un susurro–. Bueno, ya te lo he dicho. Ya lo sabes. A pesar de tus defectos y de tus debilidades, te quiero.

–¿Mis debilidades? –explotó Rafael.

Louisa se estremeció, pero decidió que tenía que seguir siendo valiente.

–Un hombre fuerte se permite ser vulnerable –continuó–. Un hombre fuerte demuestra su amor siempre. ¡Un hombre que es fuerte de verdad le entrega todo lo que tiene y lo que es a su familia, ama con todo su corazón y no tiene miedo de ello!

–¿Y eso dónde lo has aprendido? ¿En el curso de servicio doméstico? –se burló Rafael.

–No, lo aprendí de mi padre, que aunque no era multimillonario nos hacía sentir todos los días que nos quería y que éramos valiosas para él –contestó Louisa ignorando el sarcasmo de su amado.

Rafael apretó los dientes.

–Tonterías –ladró poniéndose los vaqueros, una camiseta negra y sus mocasines italianos de ante.

–¿Adónde vas? –le preguntó Louisa al ver que iba hacia la puerta.

–Voy a salir –anunció girándose brevemente.

–¿Ahora? ¡Pero si son las doce de la noche!

Rafael se rió.

–¡La noche es joven… para mí! Supongo que es

que soy demasiado débil para quedarme… Quiero que cuando vuelva estés esperándome –le advirtió–. Puede que me quiera acostar contigo de nuevo… o tal vez no, ya veremos –se despidió con una sonrisa de lo más fría.

Louisa lo miró fijamente. El corazón le latía desbocado.

–No lo hagas, Rafael –le pidió entre lágrimas–. Quédate. Hablemos. Por favor. Me gustaría que…

–Ya hemos hablado suficiente. Estoy harto de hablar –la interrumpió él abriendo la puerta y saliendo.

Louisa observó cómo le decía algo al guardaespaldas que había en la puerta, corrió al balcón y salió. Desde allí, vio a Rafael salir del edificio y dirigirse hacia el descapotable amarillo que otro guardaespaldas le había llevado.

Rafael se montó en el coche y se alejó acelerando.

¿Adónde iría?

¿Habría quedado con otra mujer?

Louisa se quedó en el balcón un buen rato. Se sentía sola y atrapada. La ciudad que tenía a sus pies parecía joven y viva. Ella ya no se sentía así. Estaba muy cansada, pero sabía que no se dormiría. Se sentía profundamente herida.

Entonces, se le ocurrió algo.

Si Rafael no era capaz de mantener una conversación cara a cara, lo harían de otra manera. Lo atacaría en un punto débil que jamás se le ocurriría defender. Podía seducirlo con sus armas de mujer, con sus dotes para convertir aquella casa en un verdadero hogar.

Louisa sonrió, cruzó la casa y abrió la puerta.

–Necesito que me ayudes –le dijo al jefe de guardaespaldas con aquel tono de voz que utilizaba para dirigirse a los empleados y que ninguno se atrevía a ignorar.

Evan Jones tampoco lo hizo.

Mientras le indicaba lo que necesitaba de él, Louisa sintió cierto optimismo. Aunque ya no fuera el ama de llaves de Rafael, seguía teniendo cierto poder en su vida. Lo cierto era que tenía más poder que nunca.

Y lo más irónico de todo era que había sido el propio Rafael quien se lo había dado.

Al casarse con ella.

Capítulo 9

RAFAEL no volvió a casa hasta las doce de la mañana del día siguiente.

Se había encontrado con unos amigos del colegio y se había ido a tomar unas copas con ellos, pero, cuando se les habían unido unas cuantas amigas, se había empezado a sentir aburrido e incómodo.

Y se había ido.

No podía volver a casa después de lo que le había dicho Louisa.

«A pesar de tus defectos y de tus debilidades, te quiero».

Rafael apretó los puños.

¿Cómo se atrevía? ¿Sus debilidades? ¡Ninguna mujer le había dicho jamás nada parecido! La iba a castigar… aunque, de alguna manera, Louisa le llevaba ventaja.

Sus debilidades.

Louisa lo conocía demasiado bien. Había vivido con él, día tras día, durante cinco años. Ninguna otra mujer había tenido aquella oportunidad de verlo sin máscaras, tal y como era.

Louisa realmente lo conocía.

Y a él no le hacía ninguna gracia porque le hacía sentirse débil, tal y como ella había dicho que era, así que había pasado la noche en el Four Seasons para darle una lección, para que les quedara claro a ambos quién mandaba allí y lo fácilmente que podía herirla.

Suponía que Louisa habría pasado toda la noche preguntándose dónde estaba. Muy bien, que sufriera las mismas sospechas que había sufrido él en Key West. ¡Que creyera que se había ido con otra!

Rafael tenía muy claro que, mientras estuviera casado con ella, jamás le sería infiel. Para él, era una cuestión de honor. Mientras estuviera con ella, no estaría con otras.

Pero eso no tenía por qué saberlo Louisa. Ya tenía demasiado poder sobre él.

«Un hombre fuerte se permite ser vulnerable», había continuado. «Un hombre fuerte demuestra su amor siempre. ¡Un hombre que es fuerte de verdad le entrega todo lo que tiene y lo que es a su familia, ama con todo su corazón y no tiene miedo de ello! ¿Te has dado cuenta de que eres un hombre imposible, de que es muy difícil tenerte contento? ¿Te has parado a pensar que puede que el problema seas tú?».

¿Era él el problema? ¿Él? Rafael gruñó en el ascensor. ¡Pero si había sido ella la que se había llevado al niño!

Al llegar a la puerta de su casa, ignoró el saludo de su guardaespaldas, abrió la puerta y se quedó helado.

Durante un segundo, creyó que se había equivocado de casa. Aquél no podía ser su piso. ¡No se parecía en absoluto!

Habían retirado las sábanas y los muebles viejos y había flores frescas sobre la mesa de la cocina. Además, olía de maravilla. Algo muy rico se estaba haciendo en el horno.

¿Cómo demonios había conseguido retirar los sofás viejos y reemplazarlos por unos nuevos y modernos? ¿De dónde habría sacado las sillas de diseño y la pantalla de plasma en sólo unas horas?

–Bienvenido a casa, Rafael –oyó que le decía Louisa.

Al girarse, se encontró con ella.

Su mujer estaba increíblemente guapa y le sonreía. Llevaba un precioso y discreto vestido y Rafael se sintió inmediatamente atraído por ella. Tanto que tuvo que tomar aire y apartar la mirada que fue a posarse sobre la inmensa fuente llena de brownies de chocolate blanco con nueces de macadamia que había sobre la encimera.

Louisa Grey, bueno, Louisa Cruz era ciertamente la mujer que todo hombre querría tener. Era sexy, fuerte e inteligente, buena madre y buena cocinera.

Tenía todo lo que él buscaba en una mujer.

Pero la odiaba, ¿no?

–¿Cómo has hecho todo esto?

–Tengo mis armas secretas –contestó Louisa sonriendo y mirándolo con amor–. He convertido esta casa en un hogar. Para nosotros. Para nuestra familia.

–Ya veo.

Rafael había vuelto a casa esperando que su mujer le montara un numerito, que le gritara y le chillara por haber pasado la noche fuera y resultaba que ni siquiera le había preguntado dónde había estado. Por lo visto, confiaba plenamente en él… y en ella. Por lo visto, estaba convencida de que era la única mujer con la que quería estar.

Y era verdad.

Maldición.

Era verdad.

Aquella mujer tenía demasiado control sobre él. Lo conocía demasiado bien. Y no podía poner fin a su relación así como así porque estaban casados y tenían un hijo.

Pero Rafael sabía lo que Louisa quería. Quería su alma. Y, por muy guapa y encantadora que fuera, no se la iba a dar.

No volvería a ser vulnerable jamás.

—No te he dado permiso para hacer todo esto —le dijo con frialdad—. Me gustaba la casa tal y como estaba antes.

—Pues a mí, no.

—Tú no tienes derecho a…

—No era un ambiente sano para Noah —lo interrumpió Louisa tendiéndole la fuente—. ¿Un brownie?

Brownies de chocolate blanco con nueces de macadamia. Era sus favoritos. Rafael la miró con los ojos entornados. ¿De verdad había creído que se iba a vender por tan poco?

—No tengo hambre.

Louisa se encogió de hombros y se sirvió una porción para ella. Rafael observó cómo mordía el pastel y sonreía encantada. Se le quedó un trozo de chocolate en el labio y se lo metió en la boca con la lengua.

Rafael sintió que se le hacía la boca agua.

Pero no por el brownie sino por Louisa. Lo quería todo de ella. Su cuerpo, su risa, todo. La noche anterior había sido increíble. La había seducido con la idea de castigarla, pero se había visto atrapado por el momento, tan atrapado que se había quedado dormido entre sus brazos.

Aquello no le había gustado absolutamente nada, así que se había ido a la ducha para dejar claro que hacer el amor con ella después de dieciséis meses no había significado nada, absolutamente nada.

Pero no había sido así.

No podía seguir engañándose a sí mismo.

Rafael observó a Louisa, que estaba tomando en brazos a Noah. A continuación, se lo apoyó en la cadera y comenzó a cantarle canciones mientras lo miraba con adoración. Rafael no podía apartar los ojos. Louisa dando vueltas por la cocina con su hijo en brazos.

Rafael sintió un nudo en la garganta.

Se había casado con ella el día anterior con la idea de deshacerse de ella en París, pero ahora se daba cuenta de que aquella mujer le alegraba la vida. ¿Por qué deshacerse de ella?

Podía vengarse de ella, llevársela a París y empezar una nueva vida...

–Por cierto –dijo de repente–. Mi madre viene a cenar esta noche.

Louisa se paró en seco, visiblemente sorprendida, pero no tardó en sobreponerse.

–¿Tu madre? ¡Qué bien! –exclamó haciéndole cosquillas a Noah y haciéndolo reír–. Así conocerá a su nieto.

Sí, lo iba a conocer, lo iba a ver por primera y última vez en su vida.

Rafael agarró el cuchillo y se cortó una porción enorme de brownie. Lo probó. Delicioso. Como la venganza.

Louisa lo miró y sonrió.

Rafael sabía que ella creía que estaba empezando a caer en sus redes, que estaba empezando a claudicar.

Muy bien, que lo siguiera creyendo.

Le devolvió la sonrisa.

Pronto se daría cuenta de que Rafael Cruz no caía en las redes de ninguna mujer. No había nacido la mujer suficientemente lista como para hacerlo claudicar.

Le había suplicado en el pasado que siguiera siendo su ama de llaves. Le había suplicado que fuera su pareja.

Ahora, casados, todo había cambiado.

El matrimonio era el contrato más fuerte que existía. Ahora Louisa le calentaría la cama, cuidaría de su hijo y le haría la comida. Como era su mujer, no tendría que pagarle absolutamente nada ni darle vacaciones.

Y, por supuesto, no tendría que volver a tener miedo de perderla.

Era su mujer.

Le pertenecía.

Para siempre.

—Hola, mamá.

Louisa observó a Rafael, que se inclinó para besar en ambas mejillas a la mujer achaparrada que acababa de llegar.

Agustina Cruz no se parecía en nada a la mujer que Louisa había imaginado. Ella creía que la madre de Rafael iba a ser una mujer de la alta sociedad, esbelta y elegante, pero era regordeta de pelo cano y sonrisa tímida.

—Buenas noches, mi hijo –le dijo a Rafael–. Cuánto me alegro de verte –añadió poniéndose de puntillas para abrazarlo–. Hace demasiado tiempo que no nos veíamos. No he sabido nada de ti desde que te mandé la carta después de la muerte de tu padre –concluyó llorosa.

–Ya lo sé –contestó Rafael con frialdad–. Pasa.

Louisa se preguntó por qué se comportaba así con su madre, la mujer que le había dado la vida y que lo había criado y querido.

Louisa creía que su marido estaba empezando a perdonarla, estaba empezando a dejar que la bondad que habitaba su corazón comenzara a brillar, pero, ahora que los veía juntos, lo dudaba bastante.

–Bienvenida a nuestra casa, señora Cruz –le dijo con una sonrisa mientras sostenía a Noah en brazos–. Me alegro mucho de que nos conozcamos por fin.

La mujer miró a Louisa estupefacta.

–Gracias, cariño, pero… ¿quién eres?

–Soy la esposa de Rafael –contestó Louisa.

Agustina miró a su hijo con reproche.

–Rafael, ¿te has casado? –le preguntó.

Rafael se encogió de hombros.

–Le presento a nuestro hijo, Noah –continuó Louisa para cubrir la falta de afecto de su marido.

Agustina miró al niño.

–¿Vuestro… vuestro hijo? –repitió con lágrimas en los ojos–. ¿Mi nieto?

Louisa asintió y le entregó el pequeño a su abuela con una sonrisa.

–Oh, mi nieto, mi pequeño angelito –murmuró Agustina mientras las lágrimas le resbalaban por las mejillas y abrazaba a Noah.

A Louisa también se le llenaron los ojos de lágrimas. Estaba emocionada y miró a Rafael esperando que él también se hubiera emocionado, pero no fue así. Los ojos de Rafael no reflejaban nada, estaban vacíos.

Muertos.

—Vamos a cenar —anunció Rafael.

La velada resultó encantadora. Por lo menos, para Louisa, Noah y Agustina, que resultó ser una mujer cariñosa y agradable. A Louisa le recordaba a su madre, a quien echaba mucho de menos.

—Estaba todo buenísimo —comentó Agustina al terminarse el brownie blanco de Louisa.

—Gracias —contestó su nuera.

Louisa se había empeñado en preparar ella la cena en señal de respeto y cariño. Al principio, Rafael se había burlado de ella, pero, luego, se había encogido de hombros y le había dejado hacer.

Para cuando Rafael apareció a mediodía después de pasar la noche fuera, Louisa estaba convencida de que había hecho todo lo que estaba en su mano para hacerlo feliz. Se había pasado toda la noche y la mañana trabajando en la casa y cuidando de Noah, se había vestido con esmero, le había preparado sus platos preferidos.

Estaba convencida de que estaba empezando a quebrar sus barreras. Sobre todo, después de que uno de sus guardaespaldas le confiara, para su alivio, que Rafael había pasado la noche solo en un hotel.

Le había resultado muy difícil hacer ver que no le había importado, pero conocía bien a su marido. Sabía que no podía jugar con las mismas reglas que las otras mujeres que habían estado con él. Lo que tenía que hacer era desequilibrarlo, hacerlo dudar. Ésa era la única baza que tenía para conseguir lo que quería.

Su felicidad.

—La cena estaba exquisita —insistió Agustina.

—Louisa la ha preparado personalmente para agasajarte —contestó Rafael con desprecio.

–¿De verdad? –dijo Agustina mirando a Louisa con gratitud–. Muchas gracias… a los dos –añadió mirando a su hijo–. Tenía miedo de que no me perdonaras, Rafael, de que me odiaras por no haberte dicho quién era tu padre, pero yo nunca he querido hacerte sufrir…

–¿Odiarte? ¿Por qué? –dijo Rafael dejando la copa de brandy sobre la mesa con fuerza–. ¿Por haber esperado a que muriera para decirme quién era y, así, asegurarte de que nunca tuviera padre? ¿Por haberme tenido veinte años preguntándote por ti? ¡No, por qué te iba a odiar! –le espetó.

Su madre palideció.

–Rafael –murmuró–, creía que lo habías entendido…

–Sí, claro que lo he entendido –contestó su hijo–. Ahora te toca entender a ti. Atiende bien lo que te voy a decir. Ahora te toca a ti sentir lo que yo he sentido. Has conocido a mi familia y estás encantada, ¿verdad? Pues no los vas a volver a ver jamás –anunció.

–¿Cómo? –gritó Louisa.

Rafael tomó a Noah en brazos.

–No vamos a volver a Buenos Aires. Mi hijo no se acordará de ti y yo jamás le diré que tiene una abuela. Jamás sabrá de tu existencia. Morirás sola, como mi padre.

Agustina parecía al borde del desmayo.

–No pienso permitir que hagas una cosa así –le advirtió Louisa poniéndose en pie.

–Tú eliges –le contestó Rafael–. Elige entre mi madre, a quien no conoces de nada, o tu marido y tu hijo –añadió saliendo de la estancia con Noah.

Louisa corrió tras ellos, pero en la puerta se paró y

miró a su suegra, que se había quedado sola sentada a la mesa.

—Lo siento —le dijo—. ¡Intentaré hablar con él!

—No servirá de nada —contestó Agustina con pesar—. Ha sido un placer conocerte —añadió con una sonrisa triste en los labios—. Cuida de ellos, de los dos... Adiós, ve con Dios...

Louisa salió por la puerta con lágrimas en los ojos. El ascensor estaba bajando, así que no tuvo más remedio que correr escaleras abajo seis pisos. Llegó al vestíbulo justamente cuando Rafael se metía en la limusina con Noah en brazos.

—¡Espera! —gritó.

El coche se paró y Louisa corrió hacia él, abrió la puerta y se metió dentro.

—Justo a tiempo —le dijo su marido.

Louisa besó a su hijo y tomó aliento.

—¿Cómo le has podido hacer eso a tu madre? —le espetó a Rafael—. ¡Ella te quiere! ¿Cómo puedes ser tan cruel?

—Ahora ya sabes lo que le hago a la gente que me traiciona —contestó Rafael tan tranquilo—. Me ha costado casi veinte años, pero por fin he conseguido hacer justicia. Eso ha sido por lo que me hizo a mí y al padre al que nunca pude conocer —añadió con frialdad—. Al aeropuerto —le ordenó al conductor.

—No tienes corazón —murmuró Louisa asustada.

—Claro que tengo corazón —le dijo Rafael tomándole el rostro con las manos—. Y, para demostrártelo, quiero que sepas que estoy dispuesto a perdonarte el error que has cometido, pero no vuelvas a hacerme enfadar.

—¿Qué quieres decir? —quiso saber Louisa temblando.

–No me vuelvas a mentir jamás. Si cumples, podrás seguir al lado de tu hijo, serás mi mujer, todo el mundo te respetará y podrás verlo crecer, pero si me vuelvas a traicionar…

Louisa lo miró a los ojos.

–¿Qué pasaría entonces? –se atrevió a preguntar.

–Entonces, lo perderías todo.

Capítulo 10

ENTONCES, lo perderías todo».

Habían pasado unas cuantas semanas, estaban en París y Louisa no podía dejar de pensar en ello. Estaba sentada en un café cerca de Notre Dame, hacía frío y Noah estaba dormido, bien abrigado, en su cochecito.

Louisa probó el café que había pedido. Estaba ardiendo y se quemó la lengua, pero siguió tiritando. Aunque llevaba jersey de cuello vuelto, vaqueros pitillo y botas por encima de la rodilla, tenía mucho frío a pesar de que estaban en primavera.

Louisa cerró los ojos y se giró hacia el sol.

Si Rafael se enterara de lo que acababa de hacer…

«No tenía elección», se dijo.

No podía permitir que hiciera sufrir a su madre de aquella manera. No podía permitir que su sed de venganza les hiciera daño a todos, a su madre, a su hijo y, sobre todo, a sí mismo.

Unos minutos antes, Agustina había compartido mesa con ella, había estado sentada en aquel café con ella, feliz de volver a ver a su nieto.

Louisa sintió un nudo en la garganta. Su suegra le había contado la verdad sobre el pasado de Rafael. Por fin, lo sabía todo. Ahora entendía por qué su madre lo había protegido durante todos aquellos años.

Rafael creía que su madre era fría y calculadora, pero se equivocaba. Lo malo era que Louisa no podía contarle a Rafael lo que sabía sobre su padre. Agustina, tampoco porque no quería herir a su hijo.

Por muy mal que la tratara, Louisa no quería romperle el corazón a su marido, así que no podía contarle la verdad.

–*Merci, madame.*

Louisa sonrió al camarero, pagó la cuenta y se terminó el café mientras miraba a su hijo, que descansaba plácidamente, y sentía que el corazón se le llenaba de felicidad.

–Encontraré la manera de llegar a su corazón –le prometió a Noah.

Sí, tenía que encontrar la manera de que Rafael perdonara a su madre, pero, ¿cómo?

–Mi vida.

Louisa dio un respingo al oír la voz de Rafael a sus espaldas. Se estaba bajando de una limusina que había pardo junto al bordillo.

–¿Qué haces aquí? –murmuró.

–¿Disfrutando de la mañana? –le preguntó su marido con una sonrisa radiante.

Louisa se puso en pie tan rápido que se mareó.

–Nos íbamos ya –contestó.

Había elegido aquel café del barrio latino porque estaba muy alejado de su casa, pues vivían en el exclusivo barrio número ocho, al otro lado del río. Sabía que Rafael estaba muy ocupado aquel día y que había quedado con el propietario de un castillo. Nunca se le habría pasado por la cabeza que iba a aparecer allí.

Se dio cuenta de que estaba sudando a causa de los nervios. ¡Si hubiera pasado por allí diez minutos antes, habría visto a su madre sentada junto a ella! Su matrimonio, la confianza que poco a poco iban construyendo había estado a punto de saltar por los aires.

Louisa miró a Noah. Aquel niño lo era todo para ella. ¿Estaba actuando como una loca al arriesgar lo que estaba arriesgando? A lo mejor, tendría que conformarse con una vida decente y no soñar con una familia feliz.

Rafael le sonrió. Estaba muy guapo con un traje gris marengo conjuntado con una camisa azul cielo. Se había afeitado y tenía un brillo especial en los ojos.

—Antes de quedar con el propietario del castillo, me he pasado por La Défense —le dijo—. Nuestro nuevo edificio está perfecto.

—¿Ya lo han terminado? ¿Tan pronto?

—Sí, la semana que viene comenzaremos la mudanza. cuando esté todo el mundo instalado, te llevaré a verlo.

Louisa se preguntó si seguiría siendo su esposa la semana siguiente.

—¿Quieres que volvamos dando un paseo a casa? —le propuso Rafael.

Louisa lo miró con los ojos muy abiertos.

—¿Tienes tiempo? ¿Así, de repente?

—Hace una mañana preciosa —contestó Rafael encogiéndose de hombros.

Louisa tragó saliva.

A menudo había deseado que Rafael los acompañara a pasear, pero mira que ir a elegir, precisamente, aquel día… cuando ella se sentía tan culpable y tenía tanto miedo por haber llevado a su madre en secreto a París.

—Perfecto —contestó obligándose a sonreír.

Así que volvieron a casa paseando por el río. Louisa lo miraba constantemente de reojo. Rafael había estado muy ocupado con el trabajo desde que habían llegado a París. Sólo tenía tiempo para darle un beso a su hijo por las mañanas y, por las noches, cuando llegaba a casa, a pesar de estar agotado, se metía en la cama con ella y le hacía el amor apasionadamente.

Pero llevaban semanas sin hablar apenas.

En muchos sentidos, la vida que había llevado en París años atrás y la que llevaba ahora no eran muy diferentes. De nuevo, su vida giraba en torno a Rafael Cruz, seguía ocupándose de su casa y seguía intentando obtener su aprobación.

Sin embargo, en otros muchos, las cosas habían cambiado bastante. Rafael quería que ejerciera como madre y esposa, lo que significaba que tenía que salir a menudo a comprarse ropa a las tiendas de la calle Faubourg St-Honoré.

De hecho, dentro de pocos días, asistiría a su primer baile de sociedad con su marido. La idea de estar a su lado como esposa en lugar de como ama de llaves la aterrorizaba. La certeza de que tendría que vérselas con las innumerables mujeres que se habían acostado con él, y que podrían volver a hacerlo, le daba náuseas.

Había intentado crear un hogar acogedor, pero no era suficiente. Rafael seguía sin permitirse ser vulnerable, seguía sin permitirse querer a ella ni al bebé.

París en primavera era una ciudad maravillosa. Las flores y los árboles estaban volviendo a la vida. Para cuando llegaron al edificio del siglo XVIII cerca de los Campos Elíseos en el que vivían, Noah se había despertado y pataleaba feliz en el cochecito que empujaba su padre.

Rafael era el propietario del edificio entero, pero sólo utilizaba los dos últimos pisos para vivir. El piso inmediatamente inferior era para guardaespaldas y personal de servicio y todos los demás los utilizaba como oficinas hasta que el nuevo edificio de La Défense estuviera listo.

Las puertas del ascensor se abrieron y, como siempre, Louisa volvió a maravillarse, pues vivían en una casa maravillosa desde la que se veía la torre Eiffel. Ya cuando vivía allí como ama de llaves, siempre le había gustado mucho aquella casa. Ahora, no sólo era la señora de ella sino de todas las demás casas que Rafael tenía por el mundo.

Louisa no quería ni pensar en lo que sucedería si Rafael se enterara de que había hecho venir a su madre en secreto a París para que pudiera ver a su nieto.

No había hecho bien, sabía que no debería haberlo hecho, pero también sabía que Rafael estaba completamente cegado por sus ansias de venganza.

¿Cómo podía hacer para que Rafael perdonara a su madre? ¿Cómo podía hacer para que les abriera su corazón sin hacerle un daño irreparable?

De repente, se le ocurrió que podía contarle la verdad. En lugar de esperar a que Rafael se enterara de lo que había hecho, en lugar de huir del conflicto, como siempre había hecho, podía agarrar al toro por los cuernos y contárselo todo.

Pero la sola idea le daba pánico. No, no podía arriesgarse.

Aquella noche, Louisa acostó a Noah y se metió en la cama. Unas horas después, llegó Rafael. Ella dormía siempre desnuda porque a él le encantaba. En un abrir y cerrar de ojos, su marido estaba besándola por todo el cuerpo. No tardó mucho en colocarse sobre ella. Louisa sintió su potente erección y se encontró gritando de placer cuando la penetró. Rafael gritó su nombre cuando llegó al clímax y se dejó caer sobre ella.

–Tengo un regalo para ti –le dijo abrazándola en la oscuridad un rato después.

–¿Qué es? –quiso saber Louisa.

–¿Te acuerdas de aquella isla privada de Grecia en la que estuvimos? –le ronroneó Rafael al oído.

¿Cómo no se iba a acordar? En ella había pasado los dos días más felices de su vida.

–Pues claro.

–Te la he comprado –murmuró Rafael besándola en la sien.

–¿Cómo? –se sorprendió Louisa.

–Al principio, Novros no me la quería vender, pero, al final, lo he convencido.

–Gracias –contestó Louisa con lágrimas en los ojos.

–Todo es poco para ti, querida –le aseguró Rafael acariciándole los pechos desnudos–. Puedes pedirme cualquier cosa.

¿Cualquier cosa?

Louisa decidió que había llegado el momento de contarle la verdad. No quería mentirle. Quería que Rafael confiara en ella.

Lo amaba.

Rafael le daba todo a nivel material, pero no se entregaba a ella en absoluto. Excepto en el plano carnal, donde todo les iba de maravilla.

Sí, le había regalado una isla, pero no era suficiente.

No, ella lo quería a él.

Quería que fuera el hombre que había nacido para ser, el hombre bueno, cariñoso y fiel que sabía que era por dentro, debajo de la pesada armadura que se había puesto.

–Te quiero… pedir un favor –le dijo.

–¿Un favor?

¿Definía la palabra favor lo que le iba a pedir, que se olvidara de su venganza y de todas las mujeres y que sólo la quisiera a ella, tanto como ella lo quería a él?

–Bueno, es algo más que un favor –admitió.

–Ah, así que no te conformas con una isla, ¿eh? –bromeó Rafael deslizando la mano entre sus muslos.

Louisa percibió que la deseaba de nuevo y ella también lo deseaba, pero no quería que nada la distrajera de su objetivo.

–Te tengo que contar una cosa, pero me da miedo –murmuró.

–Ya sabes que me puedes contar lo que quieras –contestó Rafael–. He empezado a confiar en ti de nuevo, querida, y me alegro.

Louisa sintió una descarga eléctrica por todo el cuerpo.

–He traído a tu madre a París –confesó–. He estado con ella esta mañana, en el café en el que me he encontrado luego contigo –añadió mirándolo–. Tienes que perdonarla.

Rafael se sintió como si le hubieran dado un puñetazo en la boca del estómago.

–¿Has traído a mi madre a París? –le preguntó en voz baja–. ¿Le has dejado ver a Noah?

–Sí –contestó Louisa con seguridad.

Rafael retiró la mano y se puso en pie.

–Me has desobedecido.

–¡Estoy intentando salvarte!

–¿Salvarme? –gruñó Rafael.

–Tu madre te quiere. Tienes que perdonarla. ¡Si nunca te habló de tu padre fue por una buena razón!

–¿Cómo? ¿Y por qué fue?

–No… no… no puedo decírtelo.

Rafael sentía que el corazón le latía desbocado.

–Me has traicionado.

Louisa lo agarró de la mano.

–Te podría haber mentido, pero te estoy diciendo la verdad. Te lo estoy diciendo a la cara, no te estoy ocultando nada y…

Rafael no quería escuchar más.

–Ya te advertí lo que ocurriría si me traicionabas.

Louisa lo miró aterrada.

–Por favor –murmuró–. Lo único que he hecho es intentar tener una familia de verdad.

Rafael se vistió rápidamente.

–Ya te lo advertí –insistió con frialdad.

Louisa sintió náuseas.

Rafael nunca había imaginado que Louisa le iba a volver a mentir, nunca había creído que iba a tener que cumplir su amenaza, pero ahora no le quedaba más remedio.

–Rafael, por favor, te quiero –le suplicó Louisa.

–¿Me quieres? ¿Cómo te atreves a decir eso? –se burló–. Me acabas de demostrar de nuevo que, cada vez que empiezo a confiar en ti, me apuñalas por la espalda.

–Pero no te he apuñalado… ¡te he dicho la verdad!

–Sí, a toro pasado –le recriminó con rabia–. ¡Te lo

advertí! Vete ahora mismo de mi casa. Mañana mismo pediré el divorcio.

–¡No pienso irme! ¡No quiero abandonarte! Pero no puedo permitir que trates así a tu madre, que creas que te ha hecho algo horrible cuando, en realidad, es inocente...

–Sí, claro, supongo que eso te lo habrá dicho ella... –contestó Rafael con desprecio.

–No hizo falta que me dijera nada –le explicó Louisa–. Lo vi en sus ojos. Te quiere. Daría su vida por ti. Exactamente igual que yo por Noah.

–Pues, a partir de ahora, lo vas a querer a distancia porque no lo vas a volver a ver –dijo Rafael con frialdad.

–¡No pienso separarme de mi hijo! ¡Ni de ti! ¡Si me quieres perder de vista, me vas a tener que tirar por la ventana porque no me pienso ir por mi propio pie!

–Te ha quedado muy dramático, pero no te va a servir de nada –se burló Rafael saliendo del dormitorio.

Louisa se apresuró a levantarse de la cama para seguirlo. Rafael la oyó ponerse una bata y correr tras él, pero no se paró. Tenía muy claro adónde iba. Al llegar a la habitación de Noah, tomó al pequeño en brazos. El niño, que estaba profundamente dormido, se puso a llorar.

El llanto del pequeño se mezcló con los gritos de su madre, que se había aferrado al brazo de Rafael.

–¡No! ¡No te lo puedes llevar!

Rafael se quedó mirándola fijamente. No sentía nada. Por lo menos, se dijo que no sentía nada.

–Mis abogados se pondrán en contacto contigo –le dijo.

Acto seguido, se zafó de ella y salió de la casa. Antes de abandonar el edificio, habló con sus guardaespaldas, que estaban en el piso de abajo. Cuando Louisa intentó seguirlo, se lo impidieron.

Rafael llegó a su hotel preferido diez minutos después. Para entonces, la culpa y el dolor se habían apoderado de él, pero se apresuró a apartarlos de su mente diciéndose que Louisa no era una buena madre ni una buena esposa.

Ni siquiera era una buena mujer, pues le había mentido, igual que todas las demás.

No se merecía estar casada con él ni vivir con su hijo.

Rafael se instaló en la suite del ático y le dijo a su secretaria personal que avisara a la niñera. Para cuando llegó la mujer, Noah seguía llorando. Por mucho que se empeñó la francesa en consolarlo, no consiguió nada. El niño siguió llorando. Lloraba tanto que enrojeció por completo.

Rafael se fue dando cuenta de que el que había mentido había sido él.

Louisa le había hecho mentir… no iba a poder cumplir su promesa, su amenaza, no iba a poder separarla de su hijo… aunque se lo mereciera… no podía soportar ver sufrir a Noah…

Rafael decidió que iba a tener que permitirle que viera al niño, pero su matrimonio había terminado, eso sí que estaba claro. Estaba furioso cuando descolgó el teléfono para llamar a Louisa, pero, para su sorpresa, le sonó en la mano.

—¡Jamás hubiera creído que fueras capaz de una cosa así!

—¿Mamá? —se sorprendió.

–Me ha llamado Louisa y me lo ha contado todo. ¿Cómo te atreves a quitarle a su hijo? ¡Cómo te atreves! ¡No eres el hombre por el que yo te tenía!

Rafael apretó los dientes.

–Lo que pase entre mi mujer y yo no es asunto tuyo.

–Estoy abajo. Te tengo que contar una cosa. Baja ahora mismo.

–¿Y si no quiero?

–Es la última vez que nos vamos a ver. Luego, me vuelvo a Argentina –contestó Agustina colgando el teléfono.

Rafael pensó que tampoco era para tanto. Le concedería a su madre unos minutos y se la quitaría de encima para siempre. Tras asegurarse de que Noah estaba con su niñera, bajó al vestíbulo. Encontró a su madre en el bar.

Suponía que iba a estar esperándolo con aquella actitud sumisa y suplicante que la había caracterizado durante veinte años, pero no era así. Su madre no era la mujer tímida y nerviosa de siempre. Estaba muy seria y comenzó a hablar en cuanto Rafael se sentó a su lado.

–He intentado protegerte durante toda tu vida –le dijo sin más preámbulo–. Pero ya eres un hombre. Ya no te puedo seguir protegiendo. Viendo lo que has hecho, me temo que mi obsesión por protegerte no te ha hecho ningún bien –añadió entregándole unos cuantos folios doblados–. Toma.

Rafael aceptó las hojas y las leyó. Mientras lo hacía, los ojos se le fueron abriendo y la mandíbula se le fue cayendo. No podía dejar de leer. Cinco minutos después, la última puñalada en el corazón al ver quién firmaba la carta.

–Es de mi padre –murmuró mirando a su madre–. Le dijiste que estabas embarazada de él y te dijo que abortaras –añadió sintiendo un frío terrible por todo el cuerpo.

–Así es –contestó su madre sin pestañear–. Cuando le dije que no iba a hacerlo, me mandó un anillo de oro y me aseguró que eso era lo único que iba a conseguir de él.

–¿Por qué? –preguntó Rafael con un nudo en la garganta–. ¿Por qué no me quería?

–No le gustaban los niños y nunca estuvo enamorado de mí. Nunca me fue fiel –le explicó Agustina–. Yo era muy joven y tenía que buscarme la manera de ganarme la vida para cuidar de ti, así que volví a Buenos Aires para casarme con el hombre con el que mi familia quería que me casara. Arturo me prometió que sería un buen padre… pero no cumplió su promesa.

–Pero, mamá… ¿Por qué no me contaste la verdad? ¿Por qué has dejado que te culpara a ti durante todos estos años? ¿Por qué ni siquiera querías decirme el nombre de mi padre?

–Porque ya habías sufrido bastante con tener un padre que no te quería. Yo te veía y sabía que no comprendías nada… hasta que Arturo rompió su promesa y en su lecho de muerte te dijo que no era tu verdadero padre –recordó con un suspiro–. Cuánto te dolió aquello. No quise decirte quién era tu verdadero padre porque no quería que volvieras a sufrir, no quería que te volvieran a hacer daño.

Rafael estaba anonadado.

–Lo siento –murmuró tomando a su madre de la mano–. Lo siento mucho –insistió con lágrimas en los ojos.

Su madre sonrió mientras lloraba también.

–Yo siento mucho no haber podido darte el padre que te merecías, pero tú puedes ser ese padre para Noah, tú puedes darle la familia que yo intenté darte a ti.

Familia.

Louisa.

Rafael ahogó una exclamación.

¿Pero qué le había hecho a su mujer?

–¿Lo sabe Louisa?

Su madre asintió.

–Pero no te lo iba a decir. No quería que sufrieras.

Rafael se quedó petrificado. ¿Louisa no quería hacerlo sufrir? ¿A pesar de que él la había sometido a la peor crueldad a la que se puede someter a una madre? ¿A pesar de que le había quitado a su hijo?

Siempre para protegerlo porque lo amaba de verdad, aquella mujer lo tenía que querer mucho para aguantar todo aquello.

La generosidad y la lealtad de aquel amor lo dejaron sin habla.

Louisa lo había arriesgado todo contándole la parte de la verdad que podía contarle sin hacerle daño y él le había hecho pagar por ello. Le había ofrecido su corazón dos veces y él se lo había arrancado y lo había pateado.

–No me perdonará jamás –masculló con la mirada perdida.

–Sí, sí te va a perdonar –lo tranquilizó su madre.

–¿Cómo? Yo siempre he creído que no podía confiar en ella, pero ahora no creo que ella pueda confiar en mí…

¿Qué podía hacer para arreglar las cosas? ¡Qué mal

lo había hecho todo! Louisa había intentado salvarlo y él se lo había pagado destruyéndola.

Destruyendo a la mujer a la que amaba… porque sí, la amaba.

Amaba a Louisa.

Llevaba años luchando contra ello, convenciéndose de que lo único que le interesaba de ella era el sexo y que cuidara de sus casas, pero la verdad era que la amaba desde hacía años. Amaba su sonrisa, su amabilidad, su alegría, amaba su pelo revuelto por la mañana y la ternura con la que lo miraba.

La amaba por ser quien era.

Rafael apretó los puños y se puso en pie lentamente.

Sí, la amaba aunque ello lo hiciera débil, aunque lo hiciera vulnerable.

La amaba e iba a conseguir que ella también lo amara. Estaba dispuesto a ganar aquella batalla o a morir en la guerra.

Capítulo 11

LOUISA estaba tirada en el suelo, sobre la alfombra turca, hecha un ovillo.

Hacía horas que se había quedado sin lágrimas.

Evan había seguido las indicaciones de su jefe y no la había permitido salir de casa. Louisa sabía que lo había hecho a regañadientes, pero que no le quedaba más remedio que cumplir las órdenes de Rafael.

Louisa había pensado en llamar a la policía, pero no lo había hecho porque, al fin y al cabo, Rafael era el padre de Noah, así que había llamado a Agustina. Su suegra había llorado amargamente y le había prometido que intentaría ayudarla, pero, ¿qué iba a poder hacer la pobre?

Se encontraba como muerta, allí tirada, mirando el techo sin ver nada en realidad. Cuando Rafael se había ido llevándose a su hijo, ella se había muerto por dentro.

Louisa se puso en pie lentamente y se acercó al balcón, salió y se quedó mirando la calle debajo de ella. Qué fácil sería terminar con el dolor… un simple salto y adiós… pero no, debía tener esperanzas, algún día volvería a ver a su marido y a su hijo.

En aquel momento, llamaron a la puerta.

¿Quién sería a aquellas horas? ¿A quién habrían dejado entrar los guardaespaldas? Louisa se quedó sin moverse en la oscuridad, esperando… y, de repente, oyó algo que la hizo ponerse en movimiento a toda velocidad.

El llanto de su hijo.

Louisa gritó de júbilo y corrió al interior, atravesó la casa y abrió la puerta.

–*Madame* Cruz –oyó que le decía la niñera–, su marido me ha dicho que…

Pero Louisa no oyó nada más. Tomó a su hijo en brazos y lo acunó mientras le decía palabras cariñosas. Lo abrazó y lo cubrió de besos mientras Noah la abrazaba también. En pocos segundos, dejó de llorar. Al cabo de un par de minutos, exhausto, se quedó dormido en brazos de su madre.

– Ah, por fin –dijo la niñera aliviada mientras miraba con ternura al niño.

Louisa se fijó en ella entonces.

–¿Qué hace usted aquí? –le preguntó sorprendida–. ¿Por qué me envía Rafael a Noah?

–No lo sé, *madame*. Me dijo que lo tenía que traer inmediatamente a pesar de la hora que es –le explicó bostezando disimuladamente–. Si no le importa, me gustaría irme a casa a dormir.

–¿Y quiere que se lo devuelva?

–No, *monsieur* Cruz quiere que le quede claro que jamás volverá a quitaros a Noah. También me ha pedido que le pregunte si quiere desayunar mañana con él.

Louisa entornó los ojos. ¿Tomar café y cruasanes con Rafael como si no hubiera pasado nada después de lo que le había hecho? Por supuesto que no.

–Dígale que no.

La niñera asintió.

–Así se lo haré saber. Me voy, *madame*.

Louisa durmió con Noah en brazos toda la noche,

en la mecedora, para no separarse de él. Cuando se despertó a la mañana siguiente, oyó que llamaban a la puerta. Fue a abrir muy nerviosa, pues esperaba que fuera Rafael que venía a exigirle que desayunara con él para presentarle a los abogados que iban a llevar su divorcio.

Pero se encontró con un repartidor vencido por el peso del ramo de rosas que traía. Eran cientos de flores de todos los colores.

—Flores para usted, *madame* —le dijo.

—¿Quién me las envía? —quiso saber Louisa—. ¡No las quiero! —exclamó al ver sonreír al guardaespaldas de su marido por detrás del ramo.

Durante tres días no pararon de llegar regalos. Louisa los rechazaba todos con firmeza, pero seguían llegando. Primero fueron las flores. Luego, un equipo de masajistas del spa, ropa de los mejores diseñadores franceses, bolsos, zapatos, vestidos de fiesta y, como guinda del pastel, un descapotable fucsia con un gran lazo.

Louisa los rechazó todos.

Entonces, comenzaron a llegar joyas de las mejores joyerías parisinas. Collares de perlas, una pulsera de esmeraldas, un collar de zafiros y, por último, un solitario de diamantes montado en platino.

Louisa los rechazó todos.

Hasta que una mañana nadie llamó a la puerta y Louisa aprovechó para jugar con Noah, hacer una tarta de chocolate e intentar no pensar en Rafael. Parecía que quería que volviera con él. ¿Cuándo iba a dejar de mandarle regalos? ¿Cuándo se iba a dar cuenta de que su confianza y su perdón no estaban en venta?

¿Se atrevería a ir a verla en persona?

Cuando volvió a sonar el timbre, supo que era él.

Pero no, era otro repartidor. Aquél sólo llevaba una rosa y una nota.

Te tengo que decir una cosa. Ven a verme.
Por favor.

Rafael.

Louisa tomó aire y asintió.

–*D'accord* –le dijo al chico.

Lo cierto era que sentía curiosidad. La nota era del puño y letra de Rafael.

–Hay un coche esperándola para llevarlos a usted y a su hijo al aeropuerto –le dijo el chico–. No hace falta que haga equipaje. El señor Cruz lo tiene todo listo.

Para su sorpresa, Rafael no los esperaba en su avión privado.

Para cuando aterrizaron en la isla griega que Louisa recordaba tan bien, tuvo que admitirse a sí misma que no era sólo curiosidad lo que sentía sino unas enormes ganas de volver a ver a su marido.

Aunque intentara negarlo, lo cierto era que lo echaba de menos y que lo deseaba. Y una parte de ella anhelaba que la quisiera.

Rafael no la esperaba en la playa ni en la casa, que estaba vacía. Louisa se llevó una gran decepción. Acostó a Noah y salió al porche. Desde allí, avanzó hacia la piscina. Estaba anocheciendo, el cielo estaba teñido de rosa y de naranja y le resbalaban gruesas lágrimas por las mejillas.

Había hecho todo lo que había podido, pero no había conseguido salvar a Rafael. Debía de haber cambiado de opinión. No había ido a reunirse con ella a su isla.

Su amor no había sido suficiente. No había conseguido que Rafael la quisiera también.

–Perdóname –oyó a sus espaldas.

Louisa se giró sorprendida y vio a Rafael. Iba hacia ella. Avanzaba entre las sombras. Sólo se le veían los ojos, que le brillaban como el fuego.

–Perdóname –repitió llegando a su lado y tomándola en brazos–. Me he equivocado.

Louisa no podía dejar de mirarlo a los ojos.

Abrió la boca para hablar, pero Rafael le puso el dedo índice sobre los labios. Louisa se dio cuenta de que también él lloraba.

–Te quiero –susurró Rafael–. Te quiero, Louisa. A ti y sólo a ti. Desde que nos acostamos por primera vez, no he vuelto a estar con otra mujer. Tú eres mi amante, mi amiga, la madre de mi hijo y, sobre todo, eres mi esposa. Te quiero.

Louisa se había quedado sin habla.

–¿Podrías perdonarme algún día? –le preguntó Rafael acariciándole la mejilla–. Siempre has querido protegerme. Aun a riesgo de perder lo más importante para ti. Mi madre me lo ha contado todo. No puedo vivir sin ti. No por Noah sino por mí. Todo lo que soy, todo lo que tengo de bueno, te lo debo a ti.

–Oh, Rafael…

–Ya sé que jamás podrás perdonarme que te quitara a Noah, pero te prometo que me voy a pasar la vida entera intentando recuperar tu amor. No puedo pensar en nada más que en ti. Te deseo, te quiero, te necesito. Ahora y siempre…

Louisa lo interrumpió con un beso. Cuando se apartó, Rafael la miraba anonadado.

–Louisa…

–Te quiero –murmuró con ternura–. Nunca he dejado de quererte.

Rafael la abrazó con fuerza y la besó con pasión a la luz de las estrellas eternas.

—¡Me caso!

Habían pasado seis meses. Louisa levantó la mirada desde la tumbona en la que estaba y miró a su hermana, que le mostraba la mano izquierda, en la que lucía un precioso anillo de pedida.

—¿Con quién?

Katie sonrió al jefe de seguridad de Rafael.

—Con todas las veces que Madison y yo hemos venido a veros… ¡nunca se me pasó por la cabeza llevarme un *souvenir* así!

—¿Un marido es un *souvenir*? —bromeó Evan tomándola de la mano—. Esta vez, no quería que volviera a Florida sin mí —le explicó a Louisa.

—Me alegro mucho por los dos —dijo ella poniéndose en pie.

Y era cierto que llevaba tiempo deseando que su hermana pequeña se enamorara. Había llegado el momento.

Louisa miró hacia la orilla, donde Rafael jugaba con su sobrina Madison y con Noah.

—Todavía no lo sabe —comentó Evan—. Hemos preferido contártelo primero a ti. Ya sabes que al señor Cruz no le gustan los cambios repentinos de personal.

Los tres miraron hacia el mar. Noah había agarrado una pala de plástico y corría detrás de su prima por la arena.

—Pero lo siento porque yo ya he tomado una decisión: dejo de ser guardaespaldas para convertirme en pastelero —le aseguró Evan mirando a Katie con amor.

–Venga, no pretenderás que se lo diga mi hermana, ¿no? –lo urgió Katie.

Evan tomó aire y fue hacia su jefe.

–¿Estás segura de lo que vas a hacer? –le preguntó Louisa a su hermana una vez a solas–. No se parece en nada a Matthias…

–Ya lo sé –contestó Katie muy feliz–. Evan es un hombre bueno de verdad, honrado y cariñoso. Eso es mucho mejor que el dinero.

–Además de valiente –convino Louisa mirando a Rafael, al que no le estaba haciendo ninguna gracia lo que le estaba diciendo su guardaespaldas–. Será mejor que vayamos a echarle una mano…

En cuanto Louisa se hizo cargo de la situación, Rafael se relajó y en menos de tres minutos estaba dándole la enhorabuena a Evan con una sonora palmada en la espalda.

Rafael se giró hacia su mujer, la tomó de la mano y le besó la palma mientras la miraba con adoración. Louisa se sentía la mujer más feliz del mundo. De repente, estalló en carcajadas, tomó a Noah en brazos y corrió hacia el agua para jugar. No tardó en seguirlos el hombre al que amaba, su antiguo jefe, su eterno amante, su amado marido, aquél que siempre había tenido un gran corazón, pero que había necesitado que ella lo ayudar a descubrirlo.

Y es que un ama de llaves siempre sabe lo que hay que hacer: lo que su jefe quiere.

Louisa sonrió al ex seductor más famoso del mundo y se rió todavía más, sabedora de que, a veces, ella sabía lo que Rafael quería incluso antes de que lo supiera él.

Vittorio va a enseñarle a ser una mujer

Vittorio Ralfino, conde de Cazlevara, ha vuelto a Italia para buscar una mujer tradicional. Y Anamaria Viale, una chica de su pueblo, leal y discreta, es perfecta para él.

Anamaria se asombra cuando su amor de la adolescencia le propone matrimonio… a ella, el patito feo. Alta, desgarbada y más bien torpe, Anamaria se había resignado estoicamente a seguir soltera.

Pero Vittorio es persuasivo… y muy apasionado. Le propone matrimonio como si fuera un acuerdo de negocios, pero pronto despierta en Ana un poderoso y profundo deseo que sólo él puede saciar…

Un corazón inalcanzable

Kate Hewitt

Acepte 2 de nuestras mejores novelas de amor GRATIS

¡Y reciba un regalo sorpresa!

Deseo™

Heredera inesperada

KATHIE DeNOSKY

Convertirse en el nuevo propietario del rancho Hickory Hills no entraba en los planes del millonario Jake Garnier. Y convertirse en padre era aún más increíble. Porque su nuevo negocio incluía a Heather McGwire, la gerente del rancho… y madre de su hija secreta. Después de haber sobrevivido al abandono de su padre, Jake sabía que debía hacer frente a sus responsabilidades y, por lo tanto, casarse con Heather era la única solución. Sin embargo, ella se negaba a aceptar bonitas palabras o simples promesas. Si Jake quería una familia de verdad, tendría que ser para toda la vida.

Hija secreta, herencia por sorpresa

¡YA EN TU PUNTO DE VENTA!

Un amante para el millonario...

Alexa Harcourt sólo ve a su amante, Guy de Rochemont, de vez en cuando. Él la manda llamar y hace que la lleven en limusina y jet privado a alguna villa italiana o a una mansión en Mónaco para reunirse con ella. Pero Alexa sabe que nunca llegará a ocupar un puesto estable en la vida de él.

El nombre de Guy es sinónimo de riqueza y poder... y ha llegado el momento de que se case. Una mujer de su familia lejana ocupará su cama a partir de entonces. Pero Alexa es la única mujer a la que Guy quiere. Y el respeto que le debe no le permite prestarse a seguir siendo su amante...

La artista y el millonario

Julia James